刘英冬

故事里没有答案

NO ANSWERS IN THE STORIES

刘英冬（@庄博一禅师）——著

文化发展出版社
Cultural Development Press

图书在版编目（CIP）数据

故事里没有答案 / 刘英冬著. — 北京 : 文化发展
出版社, 2018.6
ISBN 978-7-5142-2287-6

Ⅰ. ①故… Ⅱ. ①刘… Ⅲ. ①故事—作品集—中国—
当代 Ⅳ. ①I247.81

中国版本图书馆CIP数据核字（2018）第098464号

故事里没有答案

刘英冬（@庄博一禅师） 著

出 品 方：脑洞故事板　　出 品 人：尹 健
策划编辑：张国辰　　责任编辑：周 蕾
特约编辑：孙 岩 高连飞　　责任营销：马媛媛
装帧设计：满满特丸设计事务所@返祖
新浪微博：@喜阅奇迹

出版发行：文化发展出版社（北京市翠微路2号　邮编：100036）
网　　址：www.wenhuafazhan.com
经　　销：各地新华书店
印　　刷：北京美图印务有限公司
开　　本：880mm × 1230mm 1/32
字　　数：140千字
版　　次：2018年8月第1版
印　　次：2018年8月第1次印刷
定　　价：39.80元
I S B N：978-7-5142-2287-6

自 序

一切纯属虚构。

这话是作者刚说的。他热衷于写作，关于写作，他在这十余年间与我谈论过三次。

第一次是在某个小巷尽头的酒馆里，我印象深刻。那天下着小雨，他没打伞，浑身湿漉漉地进了酒馆，径直坐在我面前，双手在旧木桌面上胡乱一抹，神色兴奋地问我："什么是小说？"

是什么呢？我哪里知道，我只是来喝酒的。

他见我没回答，从怀里掏出几本书来，摊开在桌面上，我隐约瞧见老舍、王小波以及阿城的名字。

我依旧没说话，依旧在喝酒。

他却愈发兴奋，直至手舞足蹈起来。他说他已经掌握写作的关键了，其实也没啥好琢磨的，白话文已经让这些人写尽，按图索骥就能抵达终点。等到语感、文风、笔力都有了，写什么还重要吗？不重要，不重要。

他说完这些话（其实远不止这些，可时间久远，我早记不清具体的那些了），把桌上摊开的几本书重新收回怀中，转身走出酒馆，身影隐入雨中。

我只是看了一眼门外的雨，还是没说话，还是在喝酒。

第二次是在某个游乐园的迷宫里。当时我已在其中兜了许久的圈子，由于实在寻不到出口，决定朝着一个大致方向不停地翻墙出逃，毕竟这种劣质迷宫，围墙并不算太高。

也记不清是在第几堵围墙后面，我又遇见了他。他还是那么兴奋，把我从墙头上拽了下来，再一次问道："什么是小说？"

我没说话，只恨迷宫里没有酒喝。

他哈哈大笑，拍着我的肩膀说道："太没意思了，以前写的那些太没意思了，也是刚刚才琢磨明白的，小说其实就是这个。"他用手指了指周围的墙面，"迷宫。"

我没理他，重新爬上墙头。

他抬头说："此刻，正在发生，作者与读者共处，像迷宫，困在其中。多有趣啊。"

我看到远处迷宫管理员正用手指着我，我也朝那边挥了挥手。

他接着说："确实有难度，可博尔赫斯能写，我为何写不得？"

来不及和他解释了，我看到管理员越走越近，急忙从墙头翻了过去。

第三次就在几天前，他来我家，给我送这本书。

他还是一样的兴奋，这种兴奋他竟然能保持这么多年，这太让人惊讶了。

他依然提出了那个老问题，什么是小说？

出于礼貌，我当时没理他，认真地翻看着这本他送的书。

他又问我，发没发现一件怪事儿，在城市里，每栋高层住宅楼里都会有扇窗户，不管白天黑夜，永远亮着灯。

"发现了，发现了"，这是我十余年来第一次回答他的问题，紧接着又问，"为什么会这样？"

他笑着说，"这就是小说了。驱动你想要知道，这部分就是。"

说完这句话他就离开了，我硬着头皮读完了这本书。

书里的故事，内容题材相去甚远，风格内核却还算得统一。可以说是荒诞，可以说是黑色幽默，甚至可以说只是一些毫无意义、走向不明的事件。

关于这本书，他写得并不好，起码不符合世俗标准的好。虽然仍在努力，但看得出，这方向不会是那个“好”的方向。

我个人觉得，创作者创作的过程或许大多雷同，纠结，否定，自我怀疑等等，但最终所抵达的土地应是千差万别的。冰川荒漠亦或是绿洲，都会有，视蛰伏于创作者体内的基因而定，没有标准，也不该有标准。不“好”，未尝不是件好事。

文学创作不见得多严肃，阅读过程也说不上多轻松。都是过程，交手的过程。这是一切精彩发生的前提。过程里有探索，有孤独，有私密，只是没必要“好”。

他自称“孤岛作者”，也算是能够理解了。

嗨，得了，我当然能理解他，毕竟我就是他。书里的故事，还是希望你们能花时间去读，此前所有自嘲与批评全都作不得数，反正开头我可是说过了，一切纯属虚构。

目录 CONTENTS

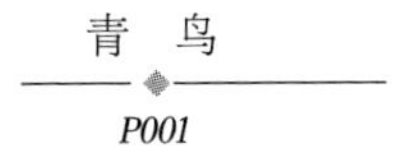

目录 C O N T E N T S

/ 青　鸟 /

1

“他听人说过，青鸟寓意着每个人绝境中最后的希望。”

木易是个执拗的人，冷漠且不近人情。他不是针对某件事，更像是种消解人生的手段。这种执拗体现在他生活中的大部分时刻。

就连吃煎饼也是。木易路过小巷，找了个煎饼摊。

一辆老款三轮车，车斗竖起两根竹竿，上面撑着招牌：× × 煎饼。类似这样的摊位聚集在小巷附近。有卖菜的，卖小吃的，卖日用品的。小贩们的吆喝声和往来人流组成小城独有的烟火气息。

“大爷，来个煎饼，不加葱。”木易看时间还早，要了个煎饼。

煎饼摊是一对老夫妻在经营。老头儿摊煎饼，老太太收钱找零，摊饼时也会帮着往饼上撒料。木易听老两口聊天，好像城市在进行市容改造，小吃街面临取缔，两人合计租个店面。老头指着对街和老太太说：“那家店，常年不开门，哪天联系联系，看老板租不租。”

木易顺着老头手指方向朝对街看去。

有家店店门紧闭，门上面挂着锁，显得格外突兀。不是因为挂着锁突兀，这家店铺的门脸有着不属于这座城市的底蕴，中式装修，冷冽感十足，和周围热络氛围对比明显。

“小伙子，给，你的煎饼。”老头叫了一声，看木易回过头把煎饼递了过去。

木易咬了口，呸的一口吐在地上：“我说了，不加葱。”

老头：“哎呀，年纪大了。加葱出味儿，你再试试？”

木易把煎饼递给老头：“我不吃葱，重摊吧。”

老头愣了下神，看了木易一会儿才把煎饼接住，舀了勺面重新摊饼。大概是看出对方不是本地人，老头嘟囔着本地话和老太太说些什么。木易能猜出意思。不是好话。

他也没说什么。看着饼在炉子上加热，膨胀。

等木易拿到煎饼再看回对街。正有人弯腰在那家店门口开门。中年男人模样，大概四五十岁，穿一身棕灰色长衫，脖颈挂着铜镜坠饰，一副古装剧里的老学究打扮。

木易捧着煎饼，边吃边过马路。等到了店前，抬头看到牌匾上写着四个烫金字：前世今生。

2

王军骑着自行车，骑得飞快，恨不得骑的是个摩托。

他享受风驰电掣的感觉，但小时候骑摩托摔过，不敢骑了。

王军从小的梦想就是当警察。

考警校，第一年没考上，想复读接着考。

他爸就骂，废物东西，老子哪有钱供你读。

没办法，在外面混了几年。

做学徒，卖光碟，当服务员，没一件长久的。

最后当保安。半年了，算是最长的一份工作。

这会儿骑车是去交班。

去一个老居民楼，今天轮到他值夜班。

3

木易在店里走走瞧瞧。

傍晚天光渐敛。店里没开灯，烛台上点着蜡，看什么都像隔着一层纱。屋里有一股浓郁的香料味。

店中间是过道，过道尽头有两张太师椅和一方高桌，老板坐在其中一张椅子上，身后墙面挂着一幅山水画。两边是木制货架，上面规整地摆着一排铜镜。

老板见木易进店，起身招待，指着货架上的铜镜说：“都能用，每个镜子存的长度都不一样，您看需要多长时间的，我帮您拿。”

木易：“怎么用？”

老板拿自己脖子上挂的铜镜坠饰给木易演示：“就这样，把手掌放在镜面上。第一次用，是导入记忆。往后再想看，还是这样，把手放上，就激活了。你看，就在这镜面上显影。”

镜面上是老板年轻时候的样子，有个小孩坐在他脖颈上，好像是在做什么游戏。

老板抚了抚镜面，镜面上的影像消失，又变回普通铜镜的模样。他从木架上取了一个铜镜递给木易。

木易把铜镜拿在手上打量，比常用的镜子重，椭圆形，款式朴素没花纹雕饰，没想象中的年代感，倒满是现代工业的痕迹。

木易：“这个能存多长记忆？”

老板伸了一个手指，目光低垂没太多表情：“一年，一般第一次都买这种。”

木易点了点头，从怀里掏出巴掌大小的绸缎包裹递给老板。

老板接过包裹，手隔着绸缎摸了摸，笑了起来。他伸手向木易示好：“你好，我叫杨向荣。”

木易和老板握了握手：“木易。”

4

王军不喜欢夜班。

主要是难熬，要抽白天两倍的烟。

他觉得人的身体里应该是有个雷达，晚上自动开启，把情绪放大。

不睡就会乱想。王军会想自己的警察梦，幻想遇上犯罪现场，自己见义勇为将歹徒制伏，想到激动处还会站起来自己比画两下。

但现实情况是，熬着。没有歹徒，只能和时间对抗。

不能睡，领导会打电话突击检查。上次王军没接住，就受了警告。

小说，音乐，电台，属于夜的全部。能怎么办？熬吧。

这几年王军都没回过家。

5

杨向荣端来茶水，招待木易坐下。

他打开包裹，脸上的笑意更浓了：“木先生，你这个定魂香可是罕见品质，我不能占你便宜，货架上这些铜镜，你再随便挑一个。”

木易摇了摇头：“不了，这面镜子足够我用。”

杨向荣：“那好吧，我也不瞎客气。”

他把定魂香包裹好，塞到怀里，重新打量起木易，莫名生出一股亲切感："对了兄弟，我这有坛珍藏，自己喝也没啥意思。要不一起喝点？"

木易没说话，看着门外。来往喧闹的人群消退。光在空气中飘浮，向天空飘浮，街道渐渐暗了下来。

杨向荣起身从木架后面取了个灰色的瓷瓶。斟了两杯酒，两个人都没说话，只是喝。

后来还是杨向荣先开的口。他也不在意木易说不说话。自顾自地喝酒，说着往事。兴许是因为这些事太久没和人说过。

杨向荣从南城来，有自己的家庭，稳定的工作。他是工厂的技术骨干，老婆是小学老师，两个人有个孩子，聪明伶俐。不像现在孑然一身的样子。

杨向荣："那时候我还年轻，容易相信人生的错觉，还以为生活总会这样。屁，狗日的，我老婆带着我儿子，带着家里能带走的，留了张字条，走了。是真走了。那天我回到家，看到空荡荡的屋子，发了疯。点了把火把屋子给烧了。后来我和乞丐一样，一路走一路找。还抱着幻想，以为还找得到人。最后到了这儿，有个老道士看我可怜，就收留了我，还用定魂香治好了我的病，教了我这门做铜镜的手艺。"

木易想起来他小时候的事儿。他妈也是小学老师。他记得他爸那时候喜欢喝酒，每次喝完酒回家就会砸家里的东西，他妈上去拦就揍他妈。他护着他妈，他爸就一起揍。每天差不多都一样。他觉得自己冷漠的性格就是从这段不快乐的童年里养成的。

杨向荣：“后来老道士走了，我就开了这么个店，靠这门手艺养活自己。人是找不回来了，这些年我想明白了，也认了。”

木易：“那定魂香呢？你病是还没好吗？”

杨向荣：“好了吧？谁知道呢。这定魂香更像是一种瘾，人总要给自己点念想哪，不然还活个什么劲。嘿，我给你说兄弟，其实我用这铜镜讹过不少人。”

木易：“怎么讹人？”

杨向荣：“我这儿有不少人记忆的备份，他们都不知道我啥时候存的。等我想要定魂香了，就随便联系一个，嘿嘿，他们给气的，但不得不服软……哎，别这么看我兄弟，你放心我肯定不坑你啊。”

木易：“你也不怕得罪哪个真狠的？”

杨向荣：“嗨，也就是个乐子。不然日子怎么熬呢。”

6

王军到了值班室，把自行车停在门口。

同事递了根烟，两个人在门口抽。

王军：“回家正好饭点。”

同事：“嗨，不想回去吃，我家那位太能唠叨。”

王军打了个哈哈，也不知道说什么。两个人也确实没什么可聊的。王军看不上这些同事，也可能是看不上这份工作。

抽完烟，同事就骑着车走了。

王军进到屋里，刷着手机上的新闻。

这儿恐怖袭击了，那儿诈骗案了，总有这些事儿。王军觉得世界这么不太平，警察系统肯定是缺人的。

他挺埋怨自己父亲的。要是再让自己读一年，说不定就考上警校了。现在自己这个岁数了，应该是没机会了吧。

王军感叹时间过得太快了。看了看表，又觉得时间走得太慢了。

7

木易放下杯子，看了眼自斟自饮的杨向荣，又看向门外，视线被挡在门外黑色的大幕上，下午街道的模样已然难以辨别。

木易知道自己酒量。他极度自律，醉倒的状态在他的人生中是不被允许出现。

其实木易想和杨向荣说些什么，可又实在不知从何说起。

他想起小时候有次闯祸，背着手站在他爸面前，想说些什么。可那些话从心里生长，缠绕在唇齿之间，也是一样难以脱口。他爸用手捏了捏他涨红的脸说：“慢点说，不着急。”

似乎是对于父亲少有的温馨记忆吧。

可惜那只是长期酒醉中的片刻清醒。生活中的善意更像一种虚幻的假想，清醒的世界里，依旧是酗酒的父亲，痛苦的母亲。

杨向荣：“哎，兄弟，你听……什么声音？”

木易：“听不大清。”

杨向荣：“下雨了吧？”

木易摆弄着手里的镜子，有些出神：“也许吧……”

木易想起那天晚上也下着雨，是自己的生日。

母亲罕见地化了妆，隐去生活留下的悲苦。她做了一桌丰盛的晚餐，餐桌中间摆着还没打开包装盒的蛋糕。

小熊包装，也可能是小猫。因为父亲答应了木易，今天不喝酒，晚上准时回来给他过生日。

桌上的菜热了又热，母亲始终没停下来。桌上的菜的位置基本换了个遍。木易看着墙上的大钟表，指针一圈圈地转动，趴在餐桌上睡了过去。

木易再次醒来时，身体正飘浮在半空。凳子向后倒去，他的身体也向后倒去，面前的桌子向一侧翻转，桌上的菜飘离桌面。耳边是父亲的怒骂与母亲的哭号。一瞬间的事，但他无论何时回想都是清晰无比。

哐当一声，木易摔倒在地上。

他趴在地上没意识到发生什么。饭菜混着碗碟噼里啪啦散落一地。

小熊蛋糕从包装盒里甩出。奶油摊在地上看不出本来的模样。

木易至今不知道包装盒里的蛋糕本来的模样。

那时他除了哭也不知道该做些什么。父亲像往常一样欺侮母亲，只是下手更狠了。手里拿着什么，一下一下地捶打着母亲的头颅。

木易听见母亲在叫他的名字。他看见血顺着母亲的脸颊混着泪水淌了一地。母亲唇齿开合，似乎在说，快跑。

大门开着，穿堂而过的风吹进木易胸腔。

父亲看向木易。眼神里有野兽在嘶吼。

跑吧，只能跑。木易从来没跑得那么快过。一直跑，分不清方向。

开始还能听到父亲的喊声，后来只剩下风声。

他被黑道的人收养，改名木易，能活下来便算是幸运。

木易成了职业杀手。这次来，是执行任务的。

8

王军一只手划拉着手机，一只手往怀里掏烟。

掏了一会儿，嘟囔着，妈的，烟没了。

家属楼斜对面有个巷子，巷口有家通宵营业的小卖铺，王军总去。有时候是买烟，有时候单纯是聊聊天蹭点零食。

老板正打盹儿，王军冲老板甩了甩伞。老板抹了把脸，眨巴着眼说：“哟，军哥今天夜班哪？”

王军点点头，把钱扔在桌上。

老板以为王军心情不好，把烟递过去也没说话。

其实王军只是看警匪小说正到精彩处。

他想这会儿要有个劫匪什么的，就抢劫这个店，自己应该用什么手段去制伏犯罪分子。

他回头环视一圈小卖铺的寒酸劲儿，摇头乐了。

9

晚风一吹，杨向荣精神了点。

他暗骂道喝酒误事，自己也太冒失了。和木易不过第一次见面，轻易就把生意上的大忌给说出来。好在对方没太往心里去。

年轻的时候就是。每次喝酒都失控，但忍不住喝。这些年才算戒掉。

哎，都让酒毁了。杨向荣在自己心里叹气。

他低头激活了胸前的铜镜，一个两三岁小孩的影像浮现，晃晃悠悠地走向自己，嘴里喊着爸爸。

其实杨向荣没说实话。老婆是没了，但不是自己跑的。

木易：“你儿子？”

杨向荣：“嗯呢，可爱吧？你看着小脸肉嘟嘟的。”

木易：“找这么多年有线索吗？”

杨向荣摇头叹息，“算了吧。天也不早了兄弟，今天就到这儿吧。”他看木易点头，起身收拾桌面，没来由地说了句，“跑了也好，跑了也好……”

雨停了，两人在店门口作别。木易走大道，杨向荣往小巷走。

木易走了一会儿，回过头，看见杨向荣刚刚走到小巷口，像一株即将枯萎的植物，缓缓地垂入黑暗。

木易转身，看着对街店铺招牌的“前世今生”想，他得罪了那么多人，应该有被人买命的觉悟吧。

他加快脚步，朝小巷走去。

小巷里，路窄且长。杨向荣在前面晃悠悠地走着。木易在后面跟，脚步轻且快，两人的距离逐渐缩短。月光顺着墙壁倾泻在地面，脚踩上去有柔软错觉。

巷子里路灯的间隔，影子忽长忽短，捕食者与猎物，像一场探戈。

呼吸声，脚步声，木易愈发贴近杨向荣。他把手揣在衣服兜，右手拇指按在折叠刀上，颈部与腰背形成一条弧度。几种姿势在他身上加叠，像蓄势待发的豹。

一阵风吹过，在巷子狭窄的空间里发出呜咽声。

啪。木易按下右手的弹簧钮。刀刃应声弹开，他右脚猛然向前一迈，积水猛然炸开。

两人的身形被光影勾勒出了大概轮廓，交错的脚步如同命运纠缠的曲线。月亮在积水里碎裂。杨向荣的脚步很浅。木易的脚步深，越来越深，直到右手触摸到杨向荣身体。他有陷入沼泽的错觉。

“你……”杨向荣转过身。木易看得出他想说些什么。手上的刀子已然穿过杨向荣深棕色长衫，看不清刀口里面，可能存在的内衣以及皮肤血肉。

杨向荣的身体瘫软下来，倚着一侧墙壁，用脚撑着身体。雨夜地滑，没挺几秒身体就开始往下滑落，直到脚顶住对面的墙壁才停下。背部和两腿构成了大于九十度的角，人没完全倒下。

“我……”杨向荣喘着气，还想说话。木易把刀子拔出来，又捅了几刀。

扑通，一声闷响，人彻底倒在雨水里，不动弹了。也许血液开始往外淌了，眼睛可能还睁着瞪他。木易不确定。巷子太黑，都是猜想，但人一定是死了。

木易听到某种东西碎裂的声音。杨向荣胸前的铜镜从缝隙处透出青色光芒。盘旋流转，划出炫目光轨。

是一只青色的飞鸟。

10

王军看到巷子里的亮影，跑了进去。

隐约看到两个人影。一个站着，一个躺着。

王军挺直腰板冲着木易大喊："喂，小子！站着别动！"

木易没理王军，抬头看着太空。青鸟展翅，飞行的轨迹成了青芒。青芒里有星辰，有风暴，有杨向荣拉着年轻女孩在长街奔跑，有杨向荣和女孩在亲友的祝福下交杯共饮，有杨向荣一家三口在夕阳下漫步，有孩子骑在杨向荣脖颈上玩闹。

木易看着青鸟飞入天际，看完了杨向荣的一生。

王军趁木易出神的工夫靠了过来："你……你干啥呢？"

木易这才回头看到了王军，他弯腰拔出杨向荣身体里的匕首，转身向王军走去。

刀刃泛着寒光，地上是杨向荣的尸体。王军看着逼近的木易，一步步后退，大叫一声："我什么都没看见！什么都没看见！"终究是吓破了胆，转身向值班室跑去。

王军意识到，也许自己没有那么想当警察。

木易看王军转身逃跑，停下脚步没追。

天上有青芒炸裂，如同烟火，无数细碎光晕缓缓飘落，在空气中翻涌如同每个人支离破碎的命运。

木易听人说过，青鸟寓意着每个人绝境中最后的希望。

风越来越大，呜咽声顺着耳蜗往木易的脑子里钻。

他收紧衣领，轻声呢喃。

“再见了，爸爸。”

/ 街　头 /

人哪，好多时候都是一句话的事儿。

1

警察局，审讯室。

一个女人坐在房间靠墙位置的铁皮板凳子上，长头发，一身黑色长裙，看起来三十多岁的模样，怀里抱着个孩子。从进警局开始，孩子就一直嗷嗷哭，这会儿哭累了，闭着眼睛轻声哼哼，像是睡着了。

从女人坐着的位置往左一直到墙角，并排蹲了五个男人。男人们鼻青脸肿，都是刚挨完打的模样，垂头丧气没有言语。

李劲松右手捏着眉心，身体向后仰靠在椅背上，看着混乱的审讯室终于回归秩序，长出了一口气。他从上衣兜里掏出一盒烟，嘴里叼上一根，然后递给身旁的小林。

小林是刚分配到队里的应届生，第一次值夜班就碰上了这么个大规模斗殴事件，心里兴奋得不得了。看到李劲松递来的烟先是客气地摆摆手，然后打开记录本正襟危坐，摆出一副老练专业的模样。

“早晚要学的。”李劲松收回递烟的手，嘬了一口嘴里的烟，接着说，“一晚上呢，有的熬的。”他想起自己刚当警察那会儿，和小林一样，也不会抽烟，带他的师父就是这么和他说的。

“还有把警徽戴整齐了，小事都不仔细，怎么做大事？”李劲松接着说。这也是他师父以前说的。

小林一脸不好意思，低头摆弄起胸前的警徽。

“说说吧，为什么呀？一个个的，大晚上在街上聚众斗殴。”李劲松眼神扫过并排蹲在地上的五个人，最后停留在张扬的身上，声音提高了一个度说：“就你，从你开始，说说吧，为什么打架？”

2

为什么打架？

关于张扬打架的原因，其实挺简单的。张扬刚三十岁，留着一头圆寸，身材高大，性子火暴，是洪兴街酒吧的一名驻场 rapper，在圈子里小有名气，不少比赛都拿过名次。前段日子还上了个很热的选秀节目，虽然早早被淘汰，但整个人排面也算上来了。不少人是专程来酒吧听他唱的，酒吧老板看这架势也给涨了工资，张扬的态度也愈发张扬了。

这天张扬喝得有点多，上台说唱时忘了词，就随音乐晃着脑袋，车轱辘话随便套。酒吧音乐大，环境也乱，以前这样糊弄过，没谁能真听出来。

有时候他看着台下这些穿着潮牌，梗着脖子，高举 hip-hop 手势的年轻人觉得可笑。天天嘴上挂着黑炮黑炮，真懂嘻哈文化的能有几个？真懂能上这儿来吗？都是些山炮。

想到这儿，张扬又随口套了几句 diss 台下观众的词到歌里，下面人压根就没管他念叨的什么词，只是跟着欢呼叫好。张扬继续唱着，嘴角的笑意多了点，心里的鄙夷也重了点。

这时音响里忽然传出了另一个人的声音："这就是传说中的张扬啊？"言语间充满挑衅与不屑。

张扬停止说唱，神色错愕，左右张望，忽然意识到了问题所在，转身看向 DJ 台。有个大概十七八岁的年轻人，扎着一头脏辫，有点驼背，穿着鲜红色肥大 T 恤，他正手持话筒，目光灼热地盯着自己看。

张扬还没反应过来，就看到年轻人甩开了上前阻拦的安保，拿着话筒冲上舞台大喊："敢不敢来场 battle?"

本来因为现场变故茫然无措的观众被这一句话点燃，纷纷为年轻人的挑衅起哄呐喊。

张扬脾气本来就直，加上喝了不少酒，当场就应了下来，随即给了 DJ 一个手势。音乐声一起，他便神态桀骜地伴着鼓点节奏走向了年轻人。

俩人你来我往，字句连珠，开始伴着音乐对喷起来。

都是酒的原因，张扬事后是这么总结的。也记不得是哪一句了，总之几个回合之后，他嘴巴就瓢了，调也飘着沉不下去。台下人开始发出嘘声。听到这动静张扬乱了，说不成句，而那边的年轻人则是舌灿如莲，嘴里夹枪带棍连绵不绝。张扬愣愣地看着对方，几次举起麦克风放到嘴边，然后又放下。

得，彻底给怼哑火了。完事以后，年轻人带着嚣张的笑意，冲着张扬比了个拇指朝下的手势。

当时张扬就急眼了，举起拳头要打人，被周围的人给拦了。

“一点都不 real。”年轻人在那头儿隔着劝架的人群评价张扬。

Real，啥是 real？其实这套东西张扬年轻的时候也认，可随着年岁上来，他渐渐发现这些像是屁话。你认为的 real 就是 real 吗？再说人生在世，你怎么可能说 real 就 real。

说到这儿，张扬的话顿了一顿，像是想明白了什么了不得的道理，眼睛看着李劲松，还想得到几句评价。

蹲在他旁边的东子接住话茬说：“什么歪理，你能这么想，就说明你已经被这个圈子淘汰了。”

东子，就是在洪兴酒吧和他 battle 的那个年轻人。

“你个小崽子是不是还嫌今天挨得不够？”张扬猛地站了起来，

作势还要动手。

李劲松拍打着桌面大声呵斥：“蹲下！你们以为你们在什么地方呢？别扯那些废话，拣要紧的说，让你交代打架的前因后果，你还跟我谈起人生感悟了。”

张扬看着李劲松靠墙站了一会儿，然后又缓缓地蹲了下去。

“所以你俩是因为在酒吧唱歌产生了矛盾，然后打起来了？”李劲松接着问道。

张扬没说话，东子摇了摇头。

3

在酒吧里俩人没打起来。

被拉开以后，东子看到张扬跑到酒吧经理面前，那经理搂着他的肩膀还动手动脚的，后来俩人吵了起来，张扬气冲冲地离开了酒吧。

东子留下和几个朋友又喝了会儿酒。刚出酒吧门，就看到张扬正坐在门口的马路牙子上，冲身边一个小孩儿大声呵斥。那小孩儿大概四五岁，可怜巴巴就站那儿哭。

东子想起张扬刚才的所作所为，琢磨这人刚才瞅起来是挺浑蛋的，但没想到能这么浑蛋，这么小的小孩都好意思欺负。

东子小时候个小，现在也不高，成长阶段没少受同龄人欺负，所以他也最看不了这个，借着酒劲当即朝张扬大骂：“干什么呢孙子！”

张扬回过头看见东子，火气噌的一下就冒了上来回道：“孙子喊谁呢？”

东子：“孙子喊……我呸，多老的梗，你他妈也说得出口。”

张扬愣了一下，没听明白东子说什么。不过随即想到酒吧里没能挥出去的拳头，也不管三七二十一照面就是一拳。东子让了一下躲开张扬的拳头，回了一拳。俩人你一拳我一脚，打着打着就撕扯到了一起。小孩儿站在俩人身旁哭的声音更大了。

在当代，围观群众会迟到，但绝不会缺席。不一会儿两人身边就围起了一圈人，拿手机拍照发朋友圈发微博。

动静越来越大，洪兴街酒吧的经理 Peter 也出来了。

Peter 二十出头的年纪，长得像冯远征，留着个中分，人秀气，行为举止更是。只见他推开围观人群看到撕扯的两人先是“哎哟”叫了一声，然后凑到两人身前说道：“别打了，别打了，张扬，给你 Peter 哥一个面子……”

话还没说完，张扬一个摆拳甩了出来，正中他的右眼窝，登时泛起了青。Peter 噙着泪喊：“你……你敢打我？”

张扬这边在撕打的间隙回头骂了一句：“打死你个死人妖。”

Peter 捂着右眼窝，气得直结巴，跺着脚留下了一句“有种你别走，给老子等着”后转身跑开。

在街头，这种话我们都称之为场面话。大多都是受气那一方为挽回面子的一种挣扎，因为没人会真站在那里等你，想想那画面，尴不尴尬。

不过这次情况不一样，张扬和东子正在打架，俩人谁都挪不开地方，真还就只能等着。虽然俩人都没听见 Peter 这句话。

4

“这么说你还是因为见义勇为才打的架？”李劲松打趣着问东子。旁边小林打起了哈欠，手边的记录本已经写上了满满一页字。

东子：“那可不，我这人最看不了别人欺负弱小……”

话还没说完，张扬就喊道：“谁他妈欺负弱小？你哪只眼睛看见老子欺负人了？”

东子：“我就是看见了，我亲眼见你冲人小孩儿喊，小孩儿哭得那叫一个撕心裂肺呀。”

张扬：“你……”

“好了好了，吵什么吵！你说说，小孩儿又是怎么回事？”李劲松语气不耐烦，打断了争吵的两人，问向张扬。

张扬：“我从酒吧出来，就看见这小孩儿在哭，我问他怎么回事儿，他也不说。我心想这大半夜的，总不能把小孩儿自己留街边吧，就问他爸妈呢，问他家在哪儿。这小孩儿也是真能耐，不答话，一直干哭不带停的，我寻思我这个年纪单论哭这件事儿，肯定是比不上这孩子。后来我实在烦了，再加上今天本来就倒霉，心里有火气，就冲他喊了一嗓子，谁想这孙子就赶在这当口从酒吧出来了……”张扬指了指身旁的东子。

东子想还嘴，被李劲松摆手制止。他抬头看向抱着孩子坐在铁皮凳子上的女人问：“你自己的孩子，怎么就没看住啊？”

女人一脸气愤，踢了一脚蹲在身旁的男人说：“全都怪他。”然后又对着那男人说：“我都嫌丢人，你跟人警察说吧。”

5

男人叫王猛，四十来岁，戴着一副金丝边眼镜，文绉绉的模样，是那个女人的丈夫。

这天晚上王猛约了客户吃饭。客户是通过几个朋友关系搭线认识上的，饭局也就一同请上了那几个朋友。饭桌上大家聊得投缘，客户是北方人，就提议完事儿找个街边烧烤摊喝点啤酒，一桌子人都拍手说好。

等到了烧烤摊，酒连一巡都没过，王猛老婆就带着孩子找了过来。指着王猛鼻子质问：“不是和我说请客户吃饭吗？吃到烧烤摊来了？强子、二狗，这些都是你客户？”

王猛连忙解释，可他老婆不听。越解释越骂，越骂越难听。王猛很少和自己老婆吵架，每次他老婆说他，他都是闷头不吭声。但这次当着客户的面，加上自个心里也着实委屈，就拍桌子站起来和他老婆吵了起来。

这一吵不要紧，十几年的委屈涌上心头，也顾不上客户不客户了，王猛是一口气把心里的不痛快都给骂了出来。

朋友们劝了会儿也没用，觉得把客户晾在一旁也不是办法，就招呼着客户去下一场。临走有个朋友还和王猛使了个眼色，示意先帮他招呼着。王猛摆摆手，理都没理。

等俩人吵完，回过神才发现孩子没了。

王猛打电话问朋友，朋友回："走的时候孩子还在你俩身旁啊。怎么回事？孩子不见了？"王猛没说话，把电话按了。烧烤店其他桌的客人这时候说了一句："小孩儿看你俩吵架就哭了，边哭边走，就顺着这条街往那头走的。"

俩人傻眼了，心里都害怕。老婆嗷的一下哭了出来，一边哭一边埋怨王猛，王猛这次也不吱声了，赶忙带着老婆顺着洪兴街一路找。

走到了洪兴街中段一个酒吧的门口，看到一圈围观的人，听见有叫骂的声音，小孩儿的哭声……"是咱孩子的声音！"王猛的老婆猛然惊呼，向那一圈人群冲了过去，王猛紧忙跟着。

等到扒拉开人群，看见张扬正骑在东子身上揍他呢。而自己的孩子则坐在两人身旁的地砖上，扯着嗓子大哭。

王猛老婆上前抱住了自己的孩子，上下翻看，嘴上不断问着："宝贝受伤了没，发生什么事儿了？”

东子这会儿只有招架的余地，看孩子他妈来了就说：“就这个大个子欺负的你家孩子，我都看见了……哎哟……”说话这当口，脸上又挨了一拳。

王猛一听这话，摘掉眼镜，脱下西装，往旁边的地上一扔，扯嗓子怒吼了一声“妈的”，然后冲向张扬。

张扬此刻骑在东子身上来不及反应，王猛绕到他背后，伸出右臂紧紧环住他的脖颈，左臂则扣紧自己的右臂，把张扬勒得脸通红。

“就这样，我和他俩打起来了。”王猛低着头没好意思看李劲松，断断续续地说完了这些。

听到这儿，王猛他老婆在一旁忽然又哭了起来：“就你觉得委屈，我不委屈吗？天天晚上不是陪客户，就是跑出去和你那些狐朋狗友喝酒，你有想过我吗？还好孩子找回来了，要是……要是孩子真有个三长两短，我也不活了，这日子过得有什么意思啊……”

小林拿着一盒纸巾递给了王猛的老婆，在一旁安慰道：“你说你们这些事儿，明明一句话就能解释清楚，就不能等一等，看一看，问一问，不清不楚地就吵，就闹，就打，能解决问题吗？这只会制造问题。”

李劲松忽然想起来自己师父也说过类似的话：“人哪，好多时候都是一句话的事儿。”记得当时说完这话以后，师父就退休了，听人说他后来信了基督，天天跑教堂礼拜，也不知道现在怎么样了。

“师父你说对不对？”小林回头问李劲松。

李劲松愣了一下，随即回过神来点头说：“是这么回事，遇事欠考虑，都是毛病。”接着他看向墙角位置，一个文着过肩龙的高壮大汉和 Peter 问道：“那你们俩呢？又是怎么回事？”

6

Peter 那句“有种你别走，给老子等着”并不是随便说说。

他捂着眼窝流着泪，是真的跑到洪兴街上的一个水果摊前去找帮手了。水果摊老板是 Peter 的表哥，就是蹲在审讯室墙角文着过肩龙的那个高壮大汉，洪兴街的人都叫他大青龙。

大青龙年轻时是洪兴街一霸，练家子的，有十几年功底，有手腕也有拳脚。当年整条街没有人不服他。后来不混了，就在街上盘了个门面，卖卖水果，偶尔也会重出江湖维护一下街道公平正义。

Peter 把事情经过添油加醋地和大青龙一说，大青龙当场就拍着摊上的西瓜大骂起来：“我大青龙罩的人都敢动，真他妈找死。”西瓜被大青龙拍得四分五裂，红色的瓤溅得到处都是。

Peter 在旁哭得是梨花带雨，连连点头。

于是大青龙提前关了铺子，跟着 Peter 去往洪兴街酒吧，很快就看见了一圈子围观群众。Peter 指着人群委屈地说：“表哥，打我的人就在这群人围的圈里面。”

大青龙双手叉腰，活动了一下脖颈，然后伸手往怀里掏去，摸索着什么。

Peter大惊，连忙说：“表哥你要干什么啊？教训一下就可以了，千万别搞出人命啊。”

大青龙从怀里掏出了一个特别老式的磁带随身听，对Peter说：“我知道轻重，用不着你来教。”说完按下了随声听的播放按钮，里边先是传出了一阵鼓点声，紧接着萨克斯响起。

“哪个叫作正义？哪个战无不胜？对错正邪却难定。哪个有权决定？天地自能作证，不管有什么背景……”伴随着电影古惑仔里面的插曲《战无不胜》，表哥走向了人群。

7

大青龙一把推开围观群众往里一瞅，发现有三个男人紧密纠缠，在地砖上滚来滚去，心里也不禁纳闷起来，表弟说的“他“是哪个呢？后来转念又一想，我大青龙何许人物，打人需要理由吗？总有一个是对的，剩下的……能被我打也是他们的荣幸。

想到这儿他就不再琢磨，径直向三人走去。只见他左手拿着磁带随身听，右手拎起了趴在最上面的王猛。

王猛看到面前的大汉也是一愣，问道：“你是谁？来干吗啊？”

大青龙也不答话，一记冲拳直直打出，击打在王猛的脸上，王猛整个人向后翻滚出去。

趴在地上的东子和张扬看到也不打了，坐起来瞅着大青龙一脸茫然。大青龙用右手把俩人拉起来，紧接着一个摆拳甩向东子，一个侧踹踢向张扬，俩人相继朝后飞去。

倒在地上的三人，东子最先爬起来。他心想去你妈的吧，这人什么素质啊，怎么一照面就动手打人呢，知不知道五讲四美啊。越想心里越气，年轻热血涌了上来，伴着大青龙手里随身听的鼓点与节奏，现场来了一段 freestyle，把大青龙家里的女性完美地编排进了歌词之中，其中不乏绝妙的比喻与精致的押韵，临了还把嘴里的口水与血水呸的一下给吐了出去，口水挂在了大青龙胸口的龙头上。

趴在一旁的张扬听完东子的表演也不禁竖起了拇指，在心里赞上了一句：爷们儿。

大青龙低头看了眼被口水浸湿的龙头，勃然大怒。两步跨到东子身前，一套组合连环拳向对方打去。

张扬看到这边大青龙下了死手，顾不上和东子的前仇旧怨，站起身去拦。另一侧的王猛也扶着腰缓缓站起来，想要上前解救重拳下的东子。

大青龙此刻手中的随身听正唱道：“一个人，怎可以一手胜天？”他抬眼看到左右两侧来人，直起腰背，手中的组合拳不断，或直或勾，疾风骤雨般接连击打向两人。

很快，三个人就满面血水地并排躺在了一起。

“别打了别打了。”Peter 看表哥出拳越来越重，担心弄出人命，急忙过来阻拦。

大青龙头也没回，反手一巴掌就把 Peter 抽倒在地。在他眼中，三个人的脑袋仿佛变成了三个西瓜。他运拳蓄力，右拳平举至耳垂处，腰腹扭动，双脚弓步，即使是围观群众都能感受到这一拳澎湃的巨力。

“别打了别打了。”这次是王猛的老婆挡在了大青龙的面前，声嘶力竭地哭喊。

大青龙依旧不为所动，蓄势已尽，随即开始收紧腰腹，右拳向前猛地冲击而出。

8

“住手。”一个老头不知何时来到了大青龙面前，左手手掌稳稳将他的冲拳接住，然后五指并拢，犹如鹰爪般把他的拳头钳握其中。

大青龙惊愕地打量起面前的老头。老头身材矮胖，身穿一身黑色的神父常服，发须皆白，胡子长垂到圆滚滚的肚子上，一点都瞧不出有功夫在身。他问老头：“你是谁？”

老头：“一个神父。”

大青龙骂道，去你妈的，把随身听扔到一旁，左手劈向老头脖颈，同时右膝急提，上下齐攻，逼迫对方放手。老头没放手，身体猛然向后躺去，扯得大青龙攻势一偏，待身体与地面将近齐平的一瞬，用右手轻拍地面，借助掌力眨眼间再次直直站起。大青龙冷笑一声，借着老头这股扯劲，将身子一旋，脚步内切迅速向前贴近，左肘以超乎寻常的速度划出一道曲线，朝着老头的头部击打而去。

无论是围观群众抑或是躺在地上的 Peter、张扬、东子与王猛，都不禁倒吸一口凉气，心想："完了，要出人命了。"

就在大青龙出肘的一瞬间，老头右手化爪为掌向前一推，放开对方拳头的同时借力后撤，躬身跨步，左手则收置腰线齐平处。大青龙左肘差之毫厘，从老头鼻尖前刮过，用力一竭，脚步轻浮。

老头大喝一声："走你！"左手携雷霆巨势击打而出，正中大青龙胸口，将他的胸背打得向后一凹，老头拳势未尽，指关节擦着大青龙的胸线一路上扬，直至击打到他的下巴颌。大青龙整个人向后掀翻，飞出一段距离后坠倒在地面，昏死过去。

众人看到大青龙四肢平摊地躺在地面，胸口文的青龙像被橡皮擦过一般，留下道五厘米宽的齐整长线，不由在心中感叹，也不知道是大青龙文身是假的，还是老头功夫太惊人。

老头在胸口比了个十字架，问躺在地上的几个人："以后还打架吗？"

众人一齐摇头。

老头看着众人点了点头，双手背后离开了现场，临了众人听见他好像还说一句："人哪，好多时候都是一句话的事儿。"

9

“后来警官你们就来了，把我们给带这儿了。” Peter 看了一眼身边蹲着的几个人，大家跟着一同点头。大青龙看大家都点头，也就跟着点了点头，他就记着自己昏过去了，怎么来警察局他是一点也不清楚。

李劲松听到这里笑了出来。他又点了根烟，这次旁边的小林也跟着拿了一根，叼在嘴上，没点。

小林：“你瞧我说什么来着，人家神父说得多好，你们呀，多琢磨琢磨。”

众人又一齐点头。

大青龙揉着胸口问李劲松：“警官，你看动手打人的你都逮了，那神父下手也挺黑的，我胸口……还有这下巴，现在都火辣辣地疼，咱是不是应该把他也逮回来好好批评教育教育啊？”

小林眉毛一皱：“别咱咱的，注意你的措辞。”然后转头看向李劲松问道：“师父，你说咱抓吗？”

李劲松坐得笔直，低头摆弄了一下胸前的警徽，然后深深地嘬了一口烟说：“抓个屁。”

/ 南 柯 /

1

“喂，小文，你快上微博看看，这次《R 城爱情故事》的热门影评里，可都是在讨论你演技上的突破呢。”

“嗯。我知道了。”

“啊？你怎么了？”

“没怎么。”

“怎么听起来像是不太高兴呢？”

不太高兴吗？可是这些事儿又有什么值得自己高兴的呢？挂掉经纪人的电话，张文独自在平层别墅的阳台上来回踱步。她赤身裸体，在月光下的映射下近乎透明，曲线勾勒出美好弧度。

张文喜欢在私密空间一丝不挂地独处，这给予她更为接近自我的错觉。她将浴缸也放置在开阔的阳台上，此刻水刚好放满，她探出手臂试了一下温度，然后迈出修长的腿跨入其中，缓缓躺下，将整个身体完全浸入水中感知温热包裹。

她躺在那里，眯着眼睛打量着面前玻璃台面上的魔方，轻轻地叹了口气。此刻的怅然若失，彼时的南柯一梦，皆是来自面前这个四四方方的物体。

2

张文，二十七岁，是这个时代最为著名的女演员。

她的著名，来自她的美好容颜，独特气质，超高流量，以及不容置疑的票房号召力。种种缘由中，偏偏没有演技。张文为此耿耿于怀，即使这些年在圈子里浸染沉浮，可演员这个职业在她的心中依然是存在光辉的。她想成为一名有优秀作品传世的表演艺术家，而不是天天霸占热门热搜、依靠团队运作而扬名的流量明星。

过往出演的每部电影，著名影评人、自媒体大 V 给予的意见她都会去反复翻看，“演什么都像是自己”“对于生活的理解没有厚度”“偶像包袱重、角色选择单一”诸如此类，无论如何努力，这些评价从没有变化过，后来她也疲倦了。

“都是刻板印象，早晚会过去。”张文以这样的理由去说服自己，她觉得一切都是暂时，未来总会有变化。

而这场变化，就是从张文接到《R 城爱情故事》这部戏开始的。

这部戏的导演王军资历极深，从业近三十年，以严苛态度与优良出品而闻名。起初张文的经纪人对于接这部戏也有所顾虑，一是王导对于演员的要求极高，参演他的戏没有演员不叫苦的，以张文现今的身份地位没必要去受这罪。二是与这么多实力派演员共同合作，万一最终成片呈现差得太远，肯定会迎来超乎以往的批评。

可张文不在乎这些。对于表演，她需要突破，也渴望挑战。关于这个问题她和经纪人争论了有一段日子，终于将对方说服，预留档期接下了这部戏。

没承想，进组第一场戏就出了问题。张文饰演的角色是一个二十出头的年轻少女，高中时有个初恋男友，当时为了保护她和当地的小混混打了一架，把对方打成重伤进了监狱。这第一次场戏主要就是讲，这个男友出狱了，她去接他，两人重逢的场景。

可张文始终达不到导演的要求，再一次次的 NG 之后，王导冷声宣布当日停工，然后把张文叫到了身边。

张文打量着面前捧着保温杯的王军，五十多岁的年纪，头发花白，穿着深灰色呢子大衣，眼神低敛，看不出喜怒。

王军："知道为什么我不满意吗？"

张文："我演得不好。"

王军："这不是好不好的问题。"

张文：“那是……”

王军：“方向错了。你使劲的方向不对，好不好都没有用。你眼里没东西。”

张文：“王导，我不明白。”

王军：“不明白就好好琢磨，什么时候你琢磨好了，咱什么时候开机，大家一起候着你。”

张文神色窘迫，也不知道该说些什么，想了半天最后憋出一句：“行，我琢磨。”

“等一下。“王军叫住转身准备离开的张文，从怀里掏出一个魔方递了过去，接着说，“拿着这个。”

张文回到剧组休息的酒店房间里，一会儿看剧本，一会儿找参考的样片，可越看心里越焦虑。此刻再看王军递给自己的魔方，更像是某种意味深长的嘲讽。她气急，拿起魔方胡乱旋转，发泄着心里的烦躁。

啪，魔方发出清脆的声响，随即嵌合的缝隙间透出刺目的光，张文眼前一黑，失去了意识。

3

张文花了不少时间才逐渐适应了如今的身份。

她猜测发生这种怪事，应该是那个魔方的原因。这两者有着太过密切的因果关系了。

她成为了这个世界上的另一个人。二十岁出头，刚毕业一年，在一家广告公司做AE，工作不上不下，还有个蹲监狱的男友，严格来说是前男友。没错，和那个破剧本一模一样，她今天和公司请了天假，就是来接这个前男友出狱的。

监狱应该是张文去过的所有政府机关里，办事流程最为简便的地方，抑或是由于这种地方很难有排队的机会出现，总之不到十分钟她就办完了所有的手续，等待李默换衣服出来。

“小文！”刚一出门，隔老远李默就一边招手，一边冲着张文大喊。

张文静静打量着正向自己跑来的李默，他身材颀长，留着简单的和尚头，身上的T恤与长裤不怎么合身。走近了，看着张文，眼睛弯成月牙，咧嘴大笑着，一副阳光大男孩的模样。

“等等吧。车还没到。”张文低头看了眼手机上的叫车软件，导航显示还有一段距离，等待时间上的数字让她感到焦虑，她有点不大清楚该如何面对眼前的这个男孩。

李默感叹道：“现在可真方便啊。”

张文点头称是。忽然又想到对方刚刚度过了六年与外界近乎隔离的生活，这句感叹不由让人感到了几分心酸。这是一种属于旁观者的同理心。

李默：“小文。”

张文：“嗯？”

李默：“小文。”

张文：“干吗？”

李默也不答，只是眼含笑意，不断变换声调叫着“小文”，像顽皮的孩子，张文笑着摇了摇头，便也不再应了。

李默：“只是喊着你的名字，就觉得以前那些日子唰的一下都回来了。”

这话让张文愣了一下。她抬眼看向李默，发现他的眼睛里在某一瞬间充斥着难过，这情绪转瞬即逝，随即再被笑意填满。

道路两边种着高大齐整的白杨树，茂密的枝叶把阳光分得细碎。夏风吹过，两人身上的投影也随之婆娑摇曳。

4

那个世界的张文没谈过恋爱，从小到大都没有，也不是没遇到合适的人，就是单纯地没兴趣。她朋友因为这个打趣，说她可能是不喜欢男的。

“我是不喜欢。”张文神色坦然地承认，朋友们都是大惊失色。

可张文说的完全不是她们理解的那个意思。她是觉得，喜欢这个情绪太无用了。张文是一个目的性很强的人，有理想，有野心，想成为传奇的演员，想要更大的舞台，想要名，想要利，想要这花花世界的一切美好。当然这其中，不包括爱情。再者说，爱情真的美好吗？答案在她这里当然是否定的。

所以现如今李默这个前男友，让张文挺头疼的，她想不到一种合适的方式去处理两人的关系。作为演员，她习惯从角色背景的理解出发，心想对方虽然只是前男友，可毕竟是为她进的监狱，大好青春年华啊，这心里能没有愧疚吗？张文只是不谈爱情，并不是不讲情义。所以面对李默的殷勤，她总是无从拒绝。

而比起这个，更让张文头疼的是，她压根不知道该怎么回到原来世界。开始的新鲜劲一过，她终于开始思考这个要命的问题。

她是演员，适应角色的能力很强，可适应并不代表接受，毕竟如今的“角色”与她演戏时的角色还是存在本质差异的。

张文把头发抓得凌乱，双手扶面叹息，怎么也想不出个头绪。这时手机嗡嗡地震动起来，她拿起一看，是李默的。

李默：“喂，小文，你在忙吗？”

张文：“忙，忙得很，忙死了。”

李默：“那好……我等你忙完。”

张文按掉电话，把手机扔到桌面，仰着脑袋整个身体瘫坐在椅子上，心里默念：“想想宇宙，想想星空，这些都不算什么问题。”

熬到下班，张文勉力微笑着应付着来往经过的同事，拖着疲惫的身体走出了写字楼。

“小文，你忙完啦。”李默穿着一身蓝色的工作服走了过来。

张文神色惊讶地问：“你这是？”

李默拎起手里的袋子递给张文回答道：“我找了个送外卖的活儿，给你，这是你最喜欢的抹茶奶盖，不过下午天气太热，你摸都有点温了。”

张文呆呆地接过李默递来的奶茶，不知道该说些什么。

李默匆忙骑上一旁停着的电动车说：“先走啦，回家注意安全，给我发信息。”他一边碎碎念，一边骑着电动车飞速离开，“完了完了，好多单都还没送，肯定要吃到好多投诉……”

张文望着李默远去的背影轻声说：“你……慢点。”她看到李默的身影被路灯拉得细长，轻轻刺了一下自己的心。

不过这份柔情张文心里大概只存活了那么一瞬。

“早有这种带入程度，能演不好戏吗？”张文摇头感叹，迅速从刚才短暂的奇异心情中抽身而出。

5

从那以后，李默每天下午都会以路过为借口来给张文送下午茶。

起初张文不愿意，一方面是看他大夏天绕这么一圈过来辛苦，另一方面是觉得他刚恢复社会能力收入也不高。倒不是真关心李默，张文的情绪更像是一种从上向下俯瞰而去的悲悯，是对于这个世界众生的悲悯，她从没把自己当成其中的一分子。

可李默在对张文好这件事儿上，显得格外执拗，怎么说都没用。张文又实在狠不下心把话说绝，就只能由着他去了。

有天下午张文没事，就扯着李默去写字楼旁边的步行街广场遛弯。

李默就和她讲起高中时候的事儿，其实这点事前前后后李默已经讲过很多遍了。

张文觉得挺奇怪就问他：“哎，你总说高中那点事儿，你高中以前呢？就没啥好玩的事能讲？还有李默你家人呢？我怎么从没听你提过啊？”

张文的问题让李默陷入沉思，过了会儿支支吾吾地回答：“高中以前……我好像一点都不记得了。家人……我没有家人吧……”

这回换张文沉思了。她忽然想起了公司同事单调的人物背景，公司岗位单一的工作内容，收发室里一沓沓空白的合同，过了半晌她一拍脑门大喊：“啊，我知道了。”

李默见她忽然反应这么大，紧忙追问：“怎么了小文？你知道什么了？”

张文笑着连连摆手说：“没什么，没什么，工作上的事情。”

李默挠头回答，“哦，好吧。”

张文心想，自己真够蠢的，这么显而易见的道理到如今才明白。这世界根本就是按照那部戏的剧本构造，每个人行为都是单向且不可逆的，只要顺着剧本的故事脉络发展，等待故事结束的那一刻，自然也就能回去了。

想到这一层，张文便决定开始全盘接受李默的心意，把这场戏好好地演到底。她拍了下李默的宽厚的背说：“哎，我说李默。”见李默回头看向自己，她接着说，“我们在一起吧？”

下午四五点的斜阳柔和，微风卷走空气中的残热。

张文看见面前李默的神情层次丰富充满变化，从疑惑到惊讶再到喜悦，像一整个人文史变迁的跨度。

可在李默笑意盈盈的眼神里，张文分明从中捕捉到了那一抹熟悉的悲凉，那是他第一次见到自己时所闪过的悲凉。

“好呀。”李默回答的声音混着夏末蝉鸣轻轻上扬，飘入云端。

6

这世间情侣的快乐都大多雷同。

李默每天晚上都会准时接张文下班，两人一起吃各式各样的小吃，一起看电影，一起玩游乐场。周末会去周围的山地公园徒步，长假则能去再远一点的地方。两人从夏天到秋天，从秋天到冬天。

中间还出现过一个张文的追求者，是个多金公子，剧本上的男二。拥有上帝视角的张文当然也没让对方掀起什么波澜，只是逢场作戏假意纠结一阵子便一脚踢开，帮对方直接杀青了。

即使雷同，张文也是真心有感到快乐的，虽然是以演员而非角色本身的身份。她在心里盘算着进度，发觉自己也快到杀青的时候了。

北方的冬天寒冷且干燥，小路上没有路灯，也少有车辆来往，两人并肩走在厚厚的积雪上发出咯吱咯吱的声响。

张文冻得身子发抖，脚步迈得小且快，不停地搓着手想要提起身体的热度。李默靠过来想牵起她的手传递温热，张文假意没看见，一阵小跑和他拉开距离。

张文知道，就在今晚会有一辆车闯入黑暗静默的雪夜街道，她的身体会被那辆车掀飞，然后迎接整场戏的结局。她不希望李默会受到无关的伤害。虽然知道这是剧本里的世界，虽然知道李默的生活可能将会像时钟一样停摆。

李默跟在张文身后差不多一米的位置喊：“小文，你为什么要躲着我呀？”

张文蹦蹦跳跳地走在前面，哆哆嗦嗦地回答：“没……没有啊。我就想跑两步，能暖和点。”

李默声音渐渐低了下去：“对不起……”

张文回头，“啊？”

“对不起，总是让你受罪。我会努力赚钱的，明年冬天就买辆车子，这样你就不用再挨冻了。”李默像是在喃喃自语，声音低得几不可闻，沉沉地坠入了雪里，发出令人心疼的回响。

皑皑白雪和张文分享了男孩的秘密，张文切切实实地听到了他的自语。

张文站定脚步，刚想说些什么时，轰鸣的引擎声唤醒了雪夜。地面的积雪向天空飞起，枯木的枝干断裂发出悲鸣，暖黄色车灯照亮了恋人的脸，一样的温柔与平静。

地球自转的速度似乎放缓，张文面前的一切都在放缓。她看见李默面容含笑，眼底依旧带着那难以明说的悲凉向她走近，用宽厚温暖的胸膛将她包裹。他垂下头在张文的耳边轻声说：“小文，我知道你不是你，可……我爱你。”一切发生在瞬息之间，她感到自己被一股笃定的力量推开，看见黑色轿车从身前闪过，李默高高地飞了起来。

张文瞪大眼睛看着面前的一切，哑然失语。

7

张文在人们的欢呼声中回过神来。她看见剧组的工作人员相互祝贺，酷似李默的男演员也走到她的面前拍手称赞。

张文低头看到手中握着的魔方忽然感到一阵眩晕。这时导演王军走了过来。

王军：“特别吗？”

之前发生的一切在张文脑子里飞速掠过，像一场风暴。半晌她长长地出了口气回答：“你指的是什么？”

王军指了指张文手里的魔方说：“这个。你所体验的生活。”

张文用手掌摩挲着魔方表面，眼神看向很远的地方，没有焦点：“不特别。平凡，平凡至极。可这里有说不清楚的东西在。”

“你眼睛里有东西了。记住这个说不清的东西，这就是生活本身。”王军笑了笑，随即眼神低敛，依旧是初见时那副高深莫测的模样。

张文：“我还能回去吗？”

王军：“回哪去？魔方里吗？怎么回呢？往哪去呢？”

张文：“什么意思？”

“嗨，都是梦幻泡影。”说罢王导捧着保温杯转身走了。

8

张文从浴缸里坐起，热气升腾，水珠顺着她的肌肤流淌。她伸手拿起了对面玻璃架上的魔方，再次转动，什么都没有发生。她这才意识到，生命中某种不确定性彻底消失了，这想法令她感到无比绝望。

张文闭上双眼，把魔方抵在了心口的位置。

阳台上蓦地荡起一阵暖风，夜空中的星光明灭变幻，花园里鸢尾花随风摇摆，暖风将她的身体环绕，一如某人熟悉的拥抱。

眼泪顺着张文的眼角淌了出来。

/ 罗生故事 /

1

我最近在搞一个生命基因解码项目，约了几个投资商，都挺感兴趣的。

这项目也确实牛逼，能够彻底打破两个生物体间的生命特征区隔，让小白鼠变成人。当然逆向使用理论上也可以。

现场有个投资商，问我会不会讲故事，说这年头创业，会讲故事很重要。有个戴眼镜的胖子，卖干果，因为会讲故事，融资融了好多亿。

我心想，卖干果的都这么牛了，我能不行吗？当时就拍桌子和投资商说，你听我给你讲一个。

2

那是几年前，我还在广州打工的时候。有一个特别有意思的老板，姓胡，叫胡硕，我们都叫他老胡。老胡头圆，发际线往后走，有点像罗大佑，哼着“流水它带走光阴的故事，改变了我们”的时候那神情，基本就是本人了。

老胡没事喜欢自己算两卦，拿个被磨得溜光的龟壳，放几个钢镚，咣当一摇，硬币出来正反都不看，闭着眼睛就能有些说法。人年轻的时候都不认命，我也是，打心里抗拒。但我不抗拒老胡，因为他算卦的样子总像是在嘲弄命运。

我也不记得那天去他办公室是要干吗来着。他见我进屋，就招呼我坐下，然后热情洋溢地问我：“要不要算一卦？”

我还没来得及说不，他直接就捧着龟壳摇了起来，说：“摇上的卦不能停，停了你就倒霉一年。”

我信奉科学，不懂他说的这些，没法还嘴，只能坐凳子上瞅。瞅他咣当咣当地摇，完事把硬币桌上一甩，抬头冲我大喊：“往西走！”

我：“什么玩意儿？”

老胡：“往西走！现在！马上！去越秀区！有机缘！打车！车费给报！”

老胡闭着眼，胳膊一顿挥舞，满共六个硬币，桌上就四个，还有俩应该是甩地上了。龟壳摆在手边，旁边还有个长着蛇头有四肢的爬行物，死命往壳里钻，看着像是这龟壳的正主。

那时候年轻，容易向资本低头，老板说去越秀，我就打车往越秀去了。

车沿着广园快速路开到三元大道，到了三元里村附近。

“皇后大道西又皇后大道东，皇后大道东转皇后大道中。皇后大道东上为何无皇宫，皇后大道中人民如潮涌。”

手机响了，是老胡。

我：“喂，怎么了老板？”

老胡：“到哪了？”

我：“要不你算算看？”

老胡：“到哪了？”

我：“你算算看呗？”

老胡：“到哪了？”

我：“真不算算看？”

老胡：“好你下车吧，旁边有个门面特别破的建筑设计院，你进去就行，挂了。”

我之后的几声“喂喂喂”都被挡在手机忙音之外。

3

下了车，旁边还真有这么个设计院。老胡说门面破，那是真破，广州的城市风貌就到这里断了。设计院周围都是野草，长得比人高，就留出大门前那一块儿没草，算是条步道，两扇大门还是坏的，露出的面积比挡着的多。

那会儿大概下午两点左右，本来阳光普照，到这儿天色就暗下来了。乌云压得很低，差不多到我头发那儿，因为头上有发蜡，我不想弄乱发型，就低着头走。

设计院大门露出的缝完全够过，我就没伸手，弓着腰进了屋。

“欢迎回来。”

这声音吓我一哆嗦，抬眼看到个老头，就杵在大门正对的位置。

老头穿着一身深蓝色中山装，胡子贼长，雪白雪白的，拖在地上，两边肩膀各挂一个大瓜子（应该是装饰物），一手拄拐杖，一手背身后，脚下面还踩了个电动独轮车。

我：“回来？我来过？”

老头：“喝口水，先润润。”

从小我妈就教育过我，陌生人递的东西千万别吃。

但喝的应该没事，我也确实渴，接过茶碗一口就干了。

有点稠，不像茶，倒像是汤。

老头点头朝我笑笑，说了句“跟我来”就转身开始带路。

玄关过去有个向上的坡度，周围有水声，走到一半，我才发现这是座桥。

我心想设计院就是牛逼，自己家里整出来座桥，也不知道是干什么用的。屋里光线暗，环境只能瞧出个大概，没琢磨明白，只能跟着老头往里走。

又走了会儿下坡路，感觉桥差不多到头时，老头停下来了。

老头摸索了一会儿，打开面前一扇房门，光线透了出来，我揉着眼睛，适应着光线的强度。

门后是一间书房，室内空间挺大的，进门是会客区，有沙发矮脚茶几和几张散凳，有摆满一面墙的书柜，靠窗那面墙前面摆了张大书桌。

老头沏好茶，摆上茶点，招呼我坐。

老头：“还习惯吗？”

我：“什么玩意儿？”

老头：“哎，刚开始在城市里跑的时候，迷路也觉得新鲜，可日子过得久了，才发现这里面不对劲，我看后知后觉应该是所有生物的天性。”

我：“不是，大爷，你和我唠什么呢？”

老头：“看样子你是一点也不记得了……哎。”老头叹了口气，站起身往外走，“我去个厕所。”

我心想什么意思呢，这老头是自己一个人待久了，老年痴呆了？还有老胡说的有机缘又是个什么机缘呢？

“当人当白鼠有什么不一样的。”

我四处环视发现屋子里空无一人，浑身毛发都竖了起来，缓缓站起身朝空荡荡的房间发问：“谁？”

“我，在这里！”

我顺着声音来源的方向挪步，在书桌那个位置。

等到书桌跟前，我看到一只叉腰站在书本上的小白鼠。

小白鼠：“别找了，就是我在说话。”

这老鼠会说话？！我一脸震惊地望着桌上的小白鼠。

小白鼠：“问你呢，你觉得有什么不一样？”

我：“啊？这就是不一样啊！这怎么可能一样啊？”

小白鼠：“呵呵，人类在脑内分泌多巴胺所重复的行为，和一只小白鼠有什么差别？白领敲下键盘，流水线工人固定工位，机械重复一个标准动作，而小白鼠完成重复实验也是一个道理。”

我：“你这么寻思不对，太局限，我跳挺高的，你不行也跳一个给我看看。”我用尽全力在小白鼠面前跳了一下，希望证明与它的不同。

小白鼠没说话，像看傻子一样看着我，气氛十分尴尬。

好在老头正好上完厕所回来，他看我在观察他桌面上的小白鼠，只是笑。

老头：“我这几年很少出去，就在这里待着，城市太大，那些高楼遮天蔽日，那些街道，纵横交错，它像个巨大的迷宫，没有出口，意义不明。我越来越后悔，衰老也开始加快。”

我拿着瓜子，迟迟没有嗑开，看着面前来回踱步的老头，忽然有种不安。

老头：“我还是怀念没成人之前的生活，那时候我能分辨的颜色不多，活动的空间不大，能记忆的时间也不长，可我是真活得明白。”

我：“大爷，你到底要和我说什么啊？”

老头走到书桌前，指着桌上的小白鼠对我说：“你还不明白吗？你已经回来了，喝了汤也过了桥，你以为你为什么听得懂它讲话？”

我怀着巨大的恐惧低下了头，看到自己两只粉嫩的小爪上覆盖着雪白色绒毛，怀里还抱着一颗巨大的瓜子。

4

故事讲完，现场响应十分热烈。投资商觉得我的确有讲故事的天赋，融资这事儿应该问题不大，有几位在听故事的时候连面前的干果都忘记吃了。

投资商：“你是我所见过的小白鼠中，最了解人类的。”

我："不然这么多科研白鼠，怎么只有我研究出了突变至人类的产品呢？"

投资商："这个产品真的可以逆向操作？"

我："当然，这也是产品的核心卖点之一嘛。"

几个投资商最后询问了我一些问题，现场就签订了投资合同。大家对于这次会面都非常满意。

那天忙到很晚，直到所有投资商都离开，我才骑上电动独轮车，独自离开了咖啡馆。

普通爱情

1

因为窗户上遮着一层纱帘的缘故，午后的客厅昏沉似傍晚。

电视开着，在播《家有儿女》。挺助眠的，李默的身体陷在沙发里，刚看一会儿就睡着了。

电话嗡嗡的震动声响起，李默伸出一只手摸索，在沙发缝隙处掏出了手机放在耳边，整个过程姿势没变，眼睛也没舍得睁开。

李默：“喂？”

张文：“喂，李默，你睡觉呢？”

李默：“嗯……”

张文：“我说这都几点了，你怎么还睡呢？”

李默：“不是，我上午起了，这不午觉嘛，才刚眯一会儿。”

张文：“哟，你不是总说只有中老年人才午睡吗？”

李默：“我那时候小，这会儿我到岁数了行不？”

张文：“行吧行吧，那个我和你说声啊，晚上见客户，你自己吃点别等我了。”

“嗯……”李默嗯的尾音还没结束，手机里就响起了挂断的忙音。

李默用手臂撑起身体坐了起来。他眯着眼睛看向电视，里面正演到夏东海和刘梅拌嘴，刘梅摔门而出，夏冬海自个坐在沙发上不停叹气。

李默也跟着夏东海一起叹了口气。

2

李默是个自由撰稿人，张文和朋友们介绍的时候，都说他是作家，他每次听了都红着脸连连摆手，说就是个写字儿的。

俩人谈了三年，合计着结婚，可生活总不会顺遂人意，日子过起来才发现，钱是越攒越觉得远。

李默收入不稳定，生活上主要还是靠张文。

这个事儿不能琢磨，一琢磨李默就容易钻牛角尖。他觉得自己这个人本来就没什么优点，再加上穷——不对，主要就是穷。越想就越悲观，无论是对于自己，还是对于两人的感情。

李默挺着急的，着急挣钱。以前写东西还算是有些自己的原则，现在是来者不拒，什么活都接，什么文章都写。他总说自己哪天要是疯了，那指定就是被钱给逼疯的。

生活上吃穿用度也是节约仔细，有时候张文打趣说他小气，他笑笑也不争辩。能说什么呢？这话茬接不了，要是聊起来自己指定会有脾气，然后又是你来我往一番论战，何必呢。

生活教会他逛晚上八点半的超市，和中老年人一起享受超市的折扣促销时光。

这会儿李默刚从超市出来，正拎着两大兜子东西往回走，刚到小区门口，看见张文正好从一辆白色揽胜上下来，跟车上人有说有笑一副相谈甚欢的模样。

李默先是站了一会儿，没说话，然后径直往小区里面走去，不知道为什么想到了白天电视剧里叹气的夏东海。走了几步越琢磨越不舒服，转身又跑回了小区门口，脑子一热，就扯嗓子喊了句没头没尾的话："张文，你……你吃饭了吗？"

两个人的关系李默总是被动的那一方，他很少会有去主动质问对方的冲动。即使有，话到嘴边也总会变得没头没尾，没什么力度，反倒让人觉得莫名其妙。

就像是这句。

不过张文懂。

3

李默喊的声音很大，张文整个身子一僵，瞧了一眼不知何时跑来的李默没回话，对车里的人笑着说："陈总，谢谢您送我回来。方案的事儿多担待，我马上和公司设计师沟通，按您的想法再修改。"

等车掉头开走，张文这才走向李默一脸怒意质问："李默，你要干什么啊？"

"什么干什么啊？"

"你刚才扯着嗓子喊，是要干什么？"

"噢，不干什么啊。就问问你，怕你没吃。"

"你……"张文指了指李默，她太了解李默了，这话没头没尾地喊出来，分明就是在质问自己。她的胸口起伏，深呼吸了几个来回，最后什么也没说。

回到家里，张文和李默坐在沙发上，不说话，电视上在播着某个喜剧选秀节目。

张文心想，现在喜剧都要搞选秀了，笑对当代人来说是有多困难啊。哎，都不容易，生活不容易，感情也是。李默的行为我能理解，他也总跟小孩儿似的，但是今天当着客户的面这样，也太不体谅我了。我一个女人在外面风里来雨里去的，他呢……哎，多委屈啊，还不是为了生活嘛，谁能真喜欢和这些个油腻的老板们相谈甚欢啊。

正想着，旁边李默拍打着沙发，哈哈大笑起来。

张文问李默：“你看得还挺入神，就没什么要和我说的吗？”

李默看着电视一边傻乐一边回答：“这演员贼逗。”

张文叹了口气只觉得疲惫，轻声说：“那你看，今天就睡沙发吧，我进屋先睡了。”

李默乐呵地点了点头。

张文发现男人和女人对于沙发的睡眠体验似乎存在极大的偏差。

这偏差恰如自己心里的百转千回与他的无动于衷。

4

李默知道张文生气了。

他又不是傻子，就是单纯不想接那句话茬。一方面他心里其实还有气，另一方面则是来自对于这类对话的厌倦。

“对不起亲爱的，我错了。”

“错哪了？”

“我不应该……”

“长点记性下次别再……”

这类对话在李默生命中出现的次数已经难以估量，如果将它们换算成能量，或许足够将地球给炸掉。

李默心想，说“别再”就能“别再”了吗？我在心里觉得没错的事情，嘴上去承认又有什么用？只是用于安抚对方所叙述的话语本来就不具备可记忆性，甚至可以说是在出口的那一瞬间，我就已经忘了。那这类对话的意义呢？

5

张文侧身躺在床上，朝着窗户的方向，看着月光倾泻到地板上的轨迹。

她看见无数细小的尘在空中飘浮纠缠，睡眼蒙眬间，它们化为人生中的一次次事件，抑或是一个个时刻，在过去与未来间往返。

她做起零零碎碎的梦。看见一脸悲观的李默，站在月光下表白，她当时就是喜欢李默这副悲观模样，像诗人般浪漫，也足够真诚；又看见跨年夜在中心广场，两人在人群中一同大喊倒数，仰头时看到天空中炸裂的烟火，流进了彼此眼中；还看见在站台广场，他穿过人群，手臂弯成一道弧线紧紧地将自己揽在怀中，她有过至少一秒的窒息。

半睡半醒间，张文心底忽然泛起了无比难过的情绪，她发觉自己远比想象中更爱他。

6

李默觉得现在演的这个小品挺有意思的。

小品在讲一个很有计划的人，因为取舍估量，让自己错过了许多重要的东西。后来他有了第二次生命的机会，决定抛弃之前一切小心翼翼的计划，随心随性重活一遍。

李默哈哈大笑，笑完以后只觉得有些茫然。

他想到了自己。

在遇到张文之前，自己绝不是一个有计划的人。在遇到张文之后，他开始有计划，他的计划就是张文计划怎么做，他就怎么执行。

李默眼神离开了电视屏幕，在半空中飘忽。这会儿他也忍不住去想，如果自己这辈子有一件事可以随性而为，会做什么呢？他眼神落在了电视柜上两人的合照上，心中忽然涌起了股前所未有的冲动。

李默记得自己问过张文。

李默："要是哪天我忽然求婚你会怎么做？"

张文："答应呗，还能怎么办。"

李默："可是我们存的钱离你计划的额度还差得远呢。"

张文："没办法呀，不答应你，还能答应谁呢？太可怕了也，没什么人选。不过其实结婚这种事儿，没钱也有没钱的结法，你说对吧？"

李默掏出钱包看着几张储蓄卡和信用卡，盘算起自己的存款。“买个小一点的，意思总之是一样的。”他捏着手里的几张卡片自语道。

7

张文刚下班离开公司就接到了李默的电话。

李默：“下班了？”

张文：“下班了。”

李默：“今天还有客户送吗？”

张文：“滚！”

张文在李默哈哈的笑声中挂断了电话，心里暗骂着李默白痴。总是这样，自以为是地讲一些烂笑话，这么久了也没点长进，还爱看喜剧，喜剧元素都看到猪脑子里去了。

张文想着李默的一些臭毛病，随着人群的推搡进到了三号线的地铁站里。她昨晚迷迷糊糊过了一夜，睡眠浅，一整天精神都不大好，此刻只觉得疲惫困倦。

走着走着，忽然听见熟悉的声音在身后响起。

8

“张文。”李默不知道是为什么，明明是熟悉无比的名字，明明是用不同语气喊出过上万次的名字，此刻变得有些不同了。他喉头一紧，喊出的音调也发生了变化。

晚高峰的三号线人流涌动，李默站得笔直，眼神越过人群看着那熟悉的身影，不少人瞄了眼大声呼喊的李默然后匆匆走过。

李默看见张文回过头看向他。同样是越过人群，目光一下就落在了他的身上，眼神开始是疲惫然后有讶异，最后忽然松动，有光从眉间流露，是鹅黄色的，是温暖熟悉的。恍惚间他听到滋滋的声响，是阳光融化积雪的声响，他看见张文笑了起来。

李默忽然想起三年前第一次见到张文，他试探着喊出她的名字，她也是这样回过头看向他。那一刻的画面，他觉得足以温暖此后的一生。

想到这儿，李默的手紧了紧，他感受到钻戒的轮廓深深印入了自己的掌纹之中。

再给我一杯可乐

1

周岩反复晃动鼠标，电脑画面确实是卡住了。

他回头看了眼安检传送带，没问题，行李一件件通过。等待人群也和平常一样，焦虑急躁。

周岩不明白。很着急吗？人生要等的事儿少吗？差这几分钟吗？

回过神时，电脑画面又动了起来。

周岩是机场地勤安检人员，工作内容就是操作电脑，看看安检机 X 光反馈的图像信息。几年了，没出过错，这样的工作也难出错。

曾有个空乘问他，不觉得在消磨人生吗？

周岩说她肤浅，怎样人生算不消磨？去不一样的地方，人生就能升华了？他不觉得人生厚度是依赖地理坐标横移来积累。他觉得，简单重复，其实更容易窥探到生活的真相。

今天不一样。因为电脑卡住那不到一分钟的时间，漏过了几件行李。这情况周岩头次遇到。他在心中犹豫起来。

该怎么处理？员工手册也没写过。

几件行李，不至于出问题吧？

要么，把前面的人找回来，重过安检？

不现实。现场肯定奓毛。我说我是为人民服务，为你们的安全负责，可谁信哪？而且这话也挺土的。现在人不怕死，怕别人耽误他们时间。

周岩笑了，觉得自己挺没劲的，可能一辈子都见不到电视上的那种场面。他掏出手机，看到一条新短信。

今天 ×× 机场的员工都会收到一份神秘惊喜。

“现在的骗子，真是。”周岩摇了摇头，删掉信息。

2

李明努力恢复平静，深呼吸，数数，唱《小苹果》，伸展身体。试挺多方法，都没效果。只好尽量控制身体，减小颤抖幅度。

这种身体反应让李明有种虚幻感。类似灵肉分离的错觉，周围声音很大，又离自己很远。世界嘈杂，等待的队列嘈杂，身体血液也是一样嘈杂。他被人群推搡前进。

李明随指引走过安检门。脸色苍白，汗止不住流。他任由安检人员摆弄，举手，转身，被从头摸到脚。

安检的女孩摆手示意通过，也没看他，和同事接着说话。

“我刚收到条诈骗短信，一点诚意都没。”

“哟，还群发呢，我也收到了，说给我惊喜，你说这信息谁能上当啊？”

“这你不懂了，骗子发诈骗信息都群发，有回复，他再顺势骗，概率再小，只要受众多，总有一两单成的。”

“嗬。”

李明拎起行李箱，抹了把汗。朝候机厅方向走，路过玻璃幕墙前停下。他看见玻璃映着青年男子身影，偏瘦，面目模糊。熙攘的人群也模糊，只看到影子在玻璃面上来来往往。

李明想，这倒影许是另一个世界，他们也有一样的机场。一样人群密集，又相互疏离。

一架飞机飞起，李明的视线随它抬起。天空静默，不言不语。

3

张扬调整座位，找到舒适的姿势。看着陆续登机的人。他喜欢这状态，有条不紊，然后欣赏别人仓促。可惜，平常都是反过来的。

飞机中间过道把空间切分，两侧是三连座。张扬位置在左边连座最外侧。

里面的位置坐着一个胖子。张扬叉开腿让出很大空间，他才顺利挪进来。胖子穿得体面，业务也繁忙。登机开始，电话就没停。嘴里项目都千万起叫。

张扬想起自己做过件傻事儿——火车上和男科医院打电话捐精，张口几个亿。邻座几个人被唬得一愣一愣，递来些水果零食，嘴上喊着哥，情真意切。

张扬爱出风头，典型表演型人格。自觉有喜剧天分，享受成为视觉焦点的感觉，甚至有些病态。从小就是，之后愈演愈烈。偷别人情书在校广播朗诵，穿黑风衣半夜闯女生宿舍巡楼，头上套丝袜去银行取钱，找渠道买枪械零件组了把真枪，不过暂时还没用上。他把这些不讲逻辑的事儿，叫艺术。本来是打算留头长发去烫个卷。都齐肩了，没想前段时间进局子被剃秃了，还真只能从头再来。

张扬正想着，忽然有所感应。一抬头正对上李明低敛着的目光，见他拿着票应该是在确认座位。

张扬看出了李明的异常。面色苍白，神情紧张。坐下后，搭在椅子扶手的手也颤抖。他心里嘀咕。

土鳖头次坐飞机吓得？也不像啊。

该不会是他妈的犯罪分子吧？天！带劲！

张扬兴奋极了，他舔了下干燥的嘴唇，用眼睛余光偷偷观察一旁的李明。

流云浮动，天色倏忽暗了几分。

4

李明看着机舱逐渐恢复秩序，情绪稳定了些。

机舱过道渐渐空出来，人都找到各自的位置。

飞机广播在播报航班信息。空姐一边确认行李摆放，一边提醒乘客飞机即将起飞，将电子产品关机。李明看到空姐走到跟前，想说关了，发现人没看自己。胖子还在打电话。

“先生打扰一下，飞机即将起飞，请将您的手机关机。”空姐用职业语调与微笑提醒胖子。

胖子抬眼看了下空乘，轻点了头，手里电话没挂的意思。

空姐反复提醒，胖子连头都懒得点了。

“别看穿得人模狗样，素质真不咋样，你打电话耽误起飞，是大家损失时间，显你忙啊！”

李明回头，约莫四十出头的中年妇女，面有愠色。身边位置坐着小女孩，七八岁的样子，两人应该是一起的。

胖子还是没反应。

中年妇女拍了下胖子座位：“嗬，假装听不见不是？”

小女孩站椅子上也拍了一下：“说你呢，说你呢。”这下拍到胖子脑袋上。

胖子合上手机翻盖，转过身，指着小女孩骂：“谁家小崽子？什么素质，欠教育了是不？”

中年妇女站起来：“哟，某些人还知道素质，我女儿打得对，打得好，这叫正义感，遇见这种人，就该站出来。”

胖子吵不过她，想动手。身子刚从椅背探过去，中年妇女已经抱着孩子离开了座位，还是够不着。

“就会欺负女人，欺负小孩，算个屁本事！我不是为自己出头，大家伙可都看着呢，你打一个试试。”

围观群众才意识到这事儿和自己有关，不少人跟着应和起来。胖子琢磨了一下，许是觉得耗下去要吃亏，也不体面。他瞪了中年女人一眼，坐回了原位。体面对于他这样的人来说，有时候比命都重要。

空姐依旧保持微笑，向座位周围乘客示意抱歉。表情能看出尴尬成分。

李明心里挺难过的。

难过不是因为自己丢了饭碗，物质上的无力。他是这么想的。宇宙那么大，地球那么多未解之谜，没见谁关心过，每天就这些鸡毛蒜皮。他想从鸡毛蒜皮逃出来，可如今觉得这事儿不好办。只要碰见人，哪都一样。

李明觉得自己难过的原因挺高级，有些脱离人性，走向神性的味道。

不过也可能，只是因为自己太怕接触人。

5

李明小时候不这样。

但问题也出在小时候。

那时李明父母在外打工，他跟爷爷奶奶住。爷爷奶奶挺疼李明的，就是好些事和他们说，总说不明白。不明白的事儿多了，李明就不愿意说了。人也变得内向。

学校开家长会，都是爷爷去。同学们问，李明，你爸妈呢？李明解释，可他说不明白。同学们就瞎猜，乱七八糟的，什么难听话都有。他为这事儿没少受气。

李明觉得委屈。

后来父母在外稳定了，把李明接过去。他挺悲观的，觉得新环境，一切要更糟，却没想遇到喜欢的姑娘。

李明现在回想，觉得生活可真操蛋。你站门外以为门不开，忽然门就开了。你以为天晴了，都好了，生活不一样了。可刚想迈脚进去，啪门又关了，还顺带把你人给夹了。

那是李明喜欢的第一个姑娘。她给了李明很多帮助，学习上，生活上。连带着性格都有些好转，他把自己对于姑娘的喜欢，默默写在一本封皮精致的笔记本里。

青葱岁月，这些事挺正常，也挺美好。如果仅此而已的话。

李明清楚记得那天，是课间操时间。所有班级在大操场等做广播体操，音乐没等来，等来李明写给姑娘的情话诗朗诵。

本就露骨的情话，配上广播里夸张的演绎，一下把校园里的青春荷尔蒙点燃。姑娘哭着跑出校门，李明手足无措站在操场，承受同学们潮水般的笑声。他发现人极度紧张时，是种灵魂出窍的状态。用不上肉眼，周围人指指点点的动作都看得到。像是卡帧的镜头，清晰且尴尬。

那天起，李明怕人的毛病便有了具体的身体症状。

只要人一多就会紧张，哆嗦、出冷汗，甚至晕厥。发作时或者用药物镇定，或者自我心理调节，喝可乐也有奇效。

最后这招听来像民间科学，但却最管用，是李明无意间发现的。

因为这个原因，李明会刻意和他人保持距离，尽量不去人流密集的地方。大多时候，他和正常人没有区别。

和人保持距离这件事让李明对人类社会有了不同常人的冷静认识。他发现社会存在一套极其精密的重复性轨迹以及完善的内耗逻辑。简单来说，就是无论人还是社会，从根上来讲是虚假且唯心的存在，大家都没什么用。

很虚幻的发现。

这发现让李明难以自处。他想有点用，可没人能教他怎么有用。他这才想到去看看那些未解之谜里有没有答案。

况且地球上没有，宇宙里也总会有的。

李明也想去找当年在校园广播里朗诵自己情书的人。

不报复他，就说两句话。

第一句，你真他妈挺无聊的。

第二句，我也是。

6

机场地勤安检员日常的工作是轮班制，周岩和几个同事一起换了岗，在职工食堂吃饭。各自分享值班遇的奇葩，算是工作之余的轻松时刻。

周岩每次只跟着笑，也不说什么。有同事问他，就没啥抱怨的？周岩说他没有，他爱这个岗位。同事们听了就笑，都觉得这话可笑。

其实周岩一开始并不怎么喜欢这份工作。累，受气，没前景，日复一日的。

可不喜欢仅仅只能是不喜欢，到此为止。像这种国企单位，也不是谁都能进。父母当时花钱托关系费了挺大的劲。亲戚朋友们别提有多羡慕，稳定，福利待遇好，还想怎么样？不喜欢怎么了，现在这社会，没多少人能就凭个人喜恶去生活。

周岩分析过，自己和这份工作，没能一见钟情，属于是日久生情。努努力，说不定最后还能白头偕老。

同事问他，怎么才能喜欢上这种单调乏味的工作?

他就和同事解释这种状态。就像当一天和尚撞一天钟，然后有天钟没响，人顿悟了。他也一样，天天看着行李从传送带上过去，一个一个又一个，有天传送带不动了，他立地成佛了。

同事听不懂，骂他傻逼。他又想了想，解释说，和尚撞钟，每天都过得差不多，这让他有种错觉，觉得钟响与不响都在自己控制之中，自己掌握了命运的咽喉。可直到那天，怎么撞钟都不响，才明白其实是命运控制着钟，命运让它响它才响，命运让它唱自由飞翔它都能唱，命运掐着它的咽喉，命运控制一切。所以和尚悟了，我也一样。

同事还是骂他傻逼。

周岩发现人和人沟通其实是一件挺难的事情。

周岩和同事们吃完饭从食堂离开，出门时部门经理刚好进门。周岩没注意，两人撞在一起。部门经理往后退了两步，看着一脸歉意的周岩笑了起来："还好是小周，这要小李，撞这一下我可受不了。"小李是部门的另一个安检员，又高又壮。同事们跟着附和，周岩尴尬地笑着。

等离开食堂走了一段路，周岩才猛地想起了今天电脑卡机，安检系统出错的事。他犹豫起来，不知道需不需要和组长报备。同事看周岩心事写在脸上就打趣问："撞了领导，怕被穿小鞋啊？"

“啊，怕什么？”

“我说你是怕领导记恨你吗？这副苦大仇深的样子。”

“我不怕这个，我是怕领导讹我医药费。”

周岩一手扶着路旁公示牌，一手按着胸口，装出副心痛的样子。

周围人大笑。

周岩看着同事们欢愉的笑脸，心里一下放松了。能出什么事啊，他在心底说。

公示上写着八个红字，是工作人员每天上下班都能看见的口号。

安全问题，人命关天。

7

张扬记得以前在哪本旅行杂志上看过，说飞机起飞一小时左右，乘客们睡得最沉。他看着周围酣然入睡的乘客想，这话其实挺有道理。不仅有道理，以小见大还有哲理。

人是讲究节奏的动物，到某个节点自然会做某件事情，到该睡的时间就睡，到该吃的时间就吃，到该死的时间就死。无论什么事，到眼前该发生了就会发生。生活其实大多不可控，可人骄傲，不愿承认这些。

就比方说张扬自己，买枪械零件时，也不清楚自己要干吗。等枪组好，才忽然有过机场安检的念头。都计划好了，随便买张机票，等日子到了，把枪放自己最喜欢的黑色真皮提包里。穿身正装，头发也拾掇拾掇。准备好的提示短信统一发机场工作人员手机上。然后去机场过安检。到时候嘀嘀嘀红灯一亮，主动亮兵器，朝天开三枪。这三枪很重要，不能多也不能少。再之后做什么，杀不杀人什么的，还没想好。但他觉得只要到那个节奏点，自然能想到下一步该干什么。

张扬觉得这份计划是艺术。可万万没想到，一切和预期千差万别。

先是因为前几天下雨，洗好的衣服没晾干，没能换上满意的服装。然后是过安检的时候，竟然没响起警报，自己莫名其妙通过了。最后成了现在这个情况，带着枪上了两万英尺的高空。

“不过实话说，现在似乎更有趣一些。”张扬看着机舱内安静端坐的人们，内心有股热流难以抑制地涌动。

张扬捏按手指关节，左右转动脖颈，发出咔咔的声响。他舒展身体，调整状态。

“在天上表演，从没想过的事啊。”

张扬在脑海中天马行空地想象着下一步动作。这时空姐推着饮品柜出来，人们也陆续醒了。

“您好，我要一杯可乐。”

李明要了杯可乐。张扬扭头看了他一眼，刚好再一次和他的视线对上。

这人，有些奇怪啊。

好像很熟悉的感觉，是在哪里见过吗？

张扬想了一会儿，实在是没什么头绪。“算了，管他呢。差不多该动手了！”他摇了摇头，站起身来，打开了上方的行李架。

“有酒吗？”最里面的胖子问。

“对不起先生，本次航班没有提供酒类饮品。”

张扬拉开了黑色皮包的拉链，手往里伸。

“我要果汁，我要果汁。”身后的小女孩兴奋地大喊。

张扬手触到枪身，整个人兴奋到战栗。

“您好，再给我一杯可乐好吗？”

张扬转过身，咣的一脚把饮品柜踢开。柜子向后滑行了段距离，空姐被惯性撞倒在地。他往前走了几步，拨动保险，子弹上膛，抬手就开了一枪。

啪的一声，子弹打在机舱顶端擦出一道火花不知去向。

8

李明做了个很长的梦，梦到不快乐的童年，梦到喜欢的女孩，梦到人群中颤抖的自己，梦到终于找到想要的答案。可醒来后，身体依旧发冷，忍不住颤抖。他向空姐要了杯可乐，一饮而尽，身体状况还算稳定。

“您好，再给我一杯可乐好吗？”李明向空姐问询，得到了肯定的答复。他伸手去接空姐递来的可乐……

哐当一声，李明的手悬在半空，看着空姐和饮品柜一起被站在旁边的人踢到一边。那人往前走了几步，又莫名其妙地朝天上开了一枪。李明这才看到那人的脸，是早上登机时见过的，坐在外面的张扬。

枪响之后，李明包括整个机舱的人都没反应过来，就呆呆地看着张扬。

哇的一声，李明听见身后小女孩惨烈的哭声。他顺着声音转过头，看到小女孩右耳掉了一半，还没完全脱落，半块肉挂在上面，血液向外涌个不停。李明判断应是被刚才击打在机舱顶弹开的子弹擦中了。小女孩手也不知道摸哪里，不停敲打两边座位扶手。

女孩母亲这才反应过来，高声尖叫，抱起女孩沿着过道向另一侧跑。边跑边喊，杀人啦！

人群恐惧被激活，有在原地哭的，有在过道来回往返跑的，有在厕所门口不停敲门的，有不停地在胸口比画着十字的。

李明没动，他明白跑也没用，这是飞机，能往哪逃呢？世界那么大，自己不还是一样没逃掉。

也许张扬觉得人群四处流窜是对他的不尊重。抬手，砰，又朝天开了一枪。

这次子弹打穿了机舱，空气向外攒动，引起巨大的气流旋涡。纸片，瓜子皮，围巾，人民币，乱七八糟的东西全飞起来，在机舱内盘旋。

李明看着慌乱的人群，内心生出极大不安。他看见小男孩蹲在教室里孤独的身影，看见他身边不停谩骂的同学，看到对他避之不及的同事。一会儿又看到飞机上尖叫的乘客，狂笑的张扬，哭泣的人，恐惧的人，愤怒的人。这些无用的人。

兴许是因为遇上这样混乱恐慌的场面，李明的身体发生了比以往任何一次都要剧烈的反应，五脏六腑在搅动，精神陷入了错乱，现实和虚幻已经分不清了。

9

人们认清了无处可逃的现实，一个接一个，颓然蹲下，双手抱头，默默流泪。

张扬很满意群众的回馈，他觉得此刻要点上支烟，于是掏出烟叼在嘴上，可打火机却怎么也摸不到。不知道是落在哪里了。

真他妈讽刺，枪带过来，火落下了。张扬委屈得想哭，人生这么重要的时刻，有了这么个缺陷。这艺术有了瑕疵，就怎么也找补不回来了。他急得直挠头，头皮屑随着气流向上飞。

飞机上安保人员看张扬分神，在地上匍匐一点点向他靠近。

张扬也没抬头看，听见有人动反手就一枪。

没中。

张扬转过身瞄了一眼，看见了俩穿着制服的安保。

“别……别开枪……我们抱头不动了……不动了。”

砰砰。

两人倒在地上，血液随着气流和漫天垃圾飞了起来。

张扬继续低下头思考，想找到其他能为自己加分的方式。

10

李明清楚地意识到，自己此刻距离死亡不过一步之遥。未解之谜，宇宙深处，什么都没了。他用仅剩的理智汇聚精神，让失焦的双眼恢复少许视力。隐约间，看到了张扬身后饮品柜上，包装鲜红的可乐。

他清晰听到自我意识不断告诉自己，还有机会，要活下去。

冰河下总有暗流。强大的求生欲望从李明精神世界爆发，他缓缓站起来，在所有蹲着的人群中显得格外刺眼。

李明熟悉这感觉，和上学那次差不多，灵魂出窍的感觉。只是这次更彻底些，已经完全没有了身体上的意识。世界变成暗红的胶片电影，父母从远方走向他，摸了摸他的头，带他去了游乐场。同学们涨红脸，诚恳认真地和他道歉。女孩从校门回来，抹去了脸上的泪水冲着他笑。他清楚地听见她说，我也喜欢你。

张扬看到站起来的李明，面露疑惑，抬起枪喊：“不许动，谁让你站起来的？”李明没理他，向着张扬走去。

砰！

李明向左一闪，没中。人群发出一阵惊呼，他闭着眼睛，清晰地看见了每个人的表情。小女孩捂着耳朵抽泣，母亲抱着女孩死死地盯着张扬，胖子费力地躲在椅背后偷瞄，空姐趴在死去的安保边神色绝望，有只鸟经过飞机被气流弹开，阳光洒在云层晕染一片火红，蔚蓝地球在深黑背景下晶莹迷人，宇宙深处依旧静默无声。

张扬嘴角咧了起来，有些兴奋，眯起眼睛瞄向李明，又是一枪。

人群又是一阵惊呼。

这次距离太近，李明右肩被子弹擦过。

不过李明已经来到张扬面前。张扬又要开枪，这次李明没给他机会。右手抓住枪身向后扯，左手抓住张扬的手猛地发力下按。

枪到了李明的手上，他压下枪口就回敬一发子弹。

一切发生在电光石火间，等人们回过神来时，张扬已被李明一枪击倒。李明踩着张扬的身体朝饮品柜旁的空姐喊："请再给我杯可乐好吗？"

空姐双手颤抖，把一整瓶可乐抱起，走了过去。

人群欢呼。有人带头大喊，英雄，救世主。所有人就跟着一起喊。空姐走到李明面前递上可乐，面色浮起红晕。她想起少女时代的梦想。

李明视线扫过人群，面无表情。拧开怀中可乐喝了一大口，然后蹲下身子，用枪指着张扬脑袋说："你真他妈挺无聊的。"李明扣动了扳机。

砰，血溅了李明一脸。

11

“所以说那天你已经意识到安检系统出了问题？”

“我只是怀疑，但不确定，是结合现实情况倒推出的原因。”

“好吧，周岩先生，感谢您的配合。”

周岩起身准备离开警局。在靠近门口的桌子旁，看到李明。

“这是犯罪分子的档案，大家伙都挺佩服你的勇气和身手，一般按规定档案可是不许外人随意查看，也就是您……”

“李明先生？”

李明点了点头，站了起来。

“呃，好吧，总之很高兴能帮到你。”警察见李明无心交谈只好作罢，起身与他握手作别。

李明最后看了眼桌面的档案，伸出右手。周岩分明看到了李明眼神深处巨大的悲悯与哀伤，像极了几年前上山拜佛，佛祖金身藏在昏暗空间中，烟雾缭绕后的那一双眼。

“我也是。”

周岩听见了佛寺的钟鸣。

消失的张教授

张建国教授失踪了。

张教授是当今世界最为优秀的医疗科研者，近几年在从事人类抗衰老研究，听说已经有突破性进展。本次失踪事件从时间点上来分析应与该研究也有着密切关系。

有关部门已将相关信息封锁，我也是通过特殊渠道才得到消息。我所在的工作单位被称为媒体界的最后良心，向来喜欢站在权力机关对立面发声，所以领导在得知此事后也是极其重视，他委任我成立特别工作小组对事件继续跟进，同时召开了媒体发布会，拍着桌子大喊，不能让真相埋葬。

不过私下领导告诉我，关于张教授行踪线索要第一时间向他汇报，不急着声张，一切从长计议。

古往今来无论什么事，但凡和长生不老搭上关系，就容易变得魔幻。人性尤为如此，我记得他和我说这话时的眼神，和他在发布会上拍桌子追求真相的时候一样真诚。

其实挺失落的，人类社会几千年了，怎么就没有点长进呢。

李严（张教授的学生）

老师失踪，除了他的家人，我应该是最着急的。老师是我的博士生导师，也是我的恩人。

我家庭条件不好，当年读博的时候，父亲中风住了院。那时医疗费用高昂，我根本不知道该怎么办。

是老师出面帮我结清医院欠款，还和医院交代，说往后所有的医疗费用都由他支付。他比谁都相信我能出人头地，总告诉我现在不要担心钱，以后可以慢慢还，不要因小失大，耽误学业。我那时就发誓，有朝一日一定要报答老师的恩情。

后来我进了老师的研究团队，依然保持着专注与努力。当时专业提升很快，许多事也逐渐开始能帮到老师，团队攻克了很多医疗领域难题，老师对我的能力也愈发认可。三年前，老师开始让我接触他所研究的人类抗衰老课题。

最近我们找到了 DNA 端粒的另一组数据结构。哦，就是 DNA 上的片段由碱基序列构成，它的作用是保护染色体的，上面有一种物质叫作端粒酶，它能启动、制造和维持人体细胞的种种功能。

用你们外行能理解的话解释，就是一把钥匙，关于解开人类抗衰课题的关键钥匙。我们最新找到的这组数据结构，很有可能会对于这个课题起到重大的推动。

但具体核心数据一直在老师手里，提取的完整实验也只有老师掌握。那段时间，他一会儿说即将有所突破，一会儿又说什么错了……不想研究了，也不知道他到底在想什么。

他们都说老师一定发现了什么秘密。

他们是谁？就是我们研究团队的成员啊。

其实我……我也觉得那段时间，老师可能真的是有所发现。他整个人的状态和以往不太一样。

你也许不懂，科研上的新发现对于我们这些人来说意味着什么，尤其是这种改写人类历史进程的重大发现。我的意思是说，有没有一种可能……老师不是被什么人劫持，而是对于这个研究课题有其他的什么想法。

是，没错老师是我的恩人。我也没有怀疑老师的人品，我就是觉得……嗨，怎么和你说呢？

我觉得这种事谁也不能拍着胸脯打包票说，绝对不可能，对吧？

王向荣（张教授的领导）

你们哪，不要听风就是雨，总想搞个大新闻。

网上那些风言风语能信吗？

什么叫我们把老张给秘密禁足了？我们真想要那份东西需要这么麻烦吗？

啊呸！

我不是这个意思。我是说，老张这些年对医学，对国家，对全人类，那真是鞠躬尽瘁。绝对算得上是我们国家的国宝级人物，国家对于他也是始终给予充足尊重的，所以这次事件我们十分重视。

是的，这和那份研究没什么关系，纯粹是因为老张这个人。

嗨，都是些谣传，哪有什么长生不老药，说了多少次，这叫抗衰老研究。再说老张要是真研究出来什么结果，我们也会选择在合适的时间向大家公开的，毕竟这份研究课题的本意就是要造福全人类嘛。

研究进展？根据最近的几次汇报来看，依旧是没有多大进展的，我看老张也有些挺心灰意冷。几个月前，还专门跑到我这里，说他有退休打算，我当时就给驳回了。

当然，我们不排除这次事件是由恐怖分子所策划，目的就是引起科研界恐慌，挑拨政府与民众关系。

不过这些都是猜测，当务之急还是找到老张。

大家对政府要有信心，我们已经做好了极其严密的搜寻计划，可以向社会各界保证三个月之内，一定能查明真相，找回张教授。

马秀琴（张教授的妻子）

生活中的张建国？

老实说吧，你不提我都以为他死了。也不怕你笑话，我大半年没见过他了。上次见还是过年吧？回家吃了口年夜饭，也没过夜，吃完就回研究所了。

呵呵，你说他有意思吗？把这个家当什么了？公共厕所？其实，两口子过日子到这种地步，已经没什么可以说的了。

你们都觉得他挺伟大吧？是，我看电视上总这样报道，领导们到我家握着我手冲着镜头笑的时候也说，说他伟大，说我们一家子伟大。伟大个屁啊。

一个男人，连一个丈夫、父亲的本职都没做好，好意思说自己伟大？他脸不红吗？

我太清楚了。你们媒体就喜欢用些普世价值去绑架个人价值，你告诉我一辈子搞那么多研究成果有什么用？生活美满了吗？

不好意思啊，我这个人心直口快，也不是针对你，就事论事。

他这个人，一门心思搞科研，总觉得全世界人都不理解他，自己特孤独，特与众不同。哎，其实当初和他在一起也因为这个。可日子过起来就不是那么个味儿了。

有时候想想，感情这东西真挺没意义的。

离婚？

你以为我不想离婚？哪有那么容易？家里这些东西怎么分？什么都要商量，想想都煎熬。这么多年都过来了，实在是懒得折腾。而且还有女儿，再说真离了，亲戚朋友这些个闲言碎语也少不了……

哎，是，都是借口。

我最近跟人炒股学了个新词，叫沉没成本。婚姻就是我的沉没成本。

其实人生好多事都差不多。

我大学时候学的美术，毕业找工作，那时候心里总惦记，这么多年美术功底，不做这行不就白学了。找来找去，死活找不到满意的。后来只能接着读书，接着画。现在想想自己可能真不是这块料，早该去试试别的领域，不至于最后成了个家庭主妇，除了生孩子，其他一事无成。画笔也是我的沉没成本。

老张这次这个事儿啊，其实也是一个道理。我觉得他这次搞得这个长生不老药，十有八九是成了。药研究成了才会有人动心思，至于是别人动心思还是他动心思我就不清楚了。

人嘛，长生不老放在面前谁能不动心思，谁都想活着，而且是越活越想活。活着就是全人类的沉没成本。

什么东西都是这样，拥有过就不愿意失去。

我这辈子就输在这个上面。

因为怕失去，才真失去了自己的一生。

老张也是。

所以我每次看到电视剧里，那些个人物的设定是长生不老的，反倒特不愿意活，特想死的时候，我就想笑。也不知道是谁第一个想出来的，凭什么人家长生不老的就要违反人性，不愿意活着了？往后那些作品也一窝蜂跟着学，都不动脑子吗？

你觉得对？你觉得对有屁用，你又不是长生不老。

哎。

人哪，真挺悲哀的。

张佳琪（张教授的女儿）

嗯，我明白你是干什么的，你和我妈刚才说的那些我也听到了。

你看到了，我妈她是真的一点不着急。也不知道她什么时候变成了这样，啥想法都藏在心里，我觉得现在她和谁都有距离。我也说不上来，就是一种感觉。不管她说啥，总觉得是话里有话。现在全家就她最沉稳，我爸这事儿这么多天了，连问都不问一句。

是，我发现了，他俩现在的感情确实不怎么好。我爸哪有她说的那么夸张，她那些发言显然是带有情绪的。我爸这几年回家的次数是不多，但他也不是家里什么事儿都不管了啊。起码他经常去学校接我，主动和老师沟通我的学习，或者有时候带我出去玩。在我的印象里，从小到大，无论我想要啥，我爸就没拒绝过我。

不少同学都羡慕我，说我过得像公主，想要什么就能有什么。这点我挺开心的。其实我爸他就是忙了一点，这我都能理解，我妈这么大岁数了，怎么就理解不了？反正我和我爸关系挺好的，挺多话我会选择和我爸说，不会选择我妈。

我爸也是一样，好多心里话也跟我说。虽然挺多时候我听不懂，但是我能感觉到他心里挺苦的，不怎么开心。

反正我现在是越来越理解我爸了。你和我妈吵一次架就明白了，她从来不急，也不和你吵，就抿嘴笑，眼睛眯起来瞅你，等你说完了，再用一句话把你堵上，每次都是金句。而且很多时候吧，她还喜欢数落我爸，工作啊，收入啊，翻来覆去的这些。她说的时候可能也不是真的在意这些，就是单纯地想说些话让你心里不舒服。这换作是我，能不回家我也不愿意回家。

哎，也不知道我爸现在在哪儿，早知道那天就不该劝他。我估计啊，他能有那样的想法，身边不会有能顺着他意思的人，这我也跟别人一起反对他，他心里该多难过啊。

哦，是这样的。前一段时间爸爸去学校接我，告诉我说，他想申请退休，想回老家了。我当时就和他喊，说不可能，说不行。然后他就闷闷不乐，再没提过这件事儿。我当时要是顺着他的意思，说不定他也已经退休了，就不会再有这档子事。

为什么和他闹？这还用问吗，他的抗衰老研究课题还没有成果，我还一直在关注着呢。

哟，你这话可真稀奇，年纪小怎么了？我年纪小就不能惦记这个了？再说，我都高中了，叔叔。

算了，像你们这些直男不会懂，永不衰老对女生来说意味着什么，懒得和你解释。

哦，我们老家在 Z 市，不过我对那里也没太多印象，就记得有个伯伯好像在那里开宾馆的，一楼有个棋牌室。小时候大人们在那里打牌，我们小孩就在门口追着玩。

对，就是这个地址。联系电话是这个。

张强（张教授的表哥）

照片上的这个人……我，我没见过。你找他做什么啊？

什么？犯罪！他犯了什么罪？不好意思先生，我想起来了，确实有这么个人。他昨晚上才住进来，当时天太暗看得不清，所以一时没想起来。

对，就在 302 房间。我就不上去了吧？

好嘞，这是备用房卡给您。

张建国（本次事件主角）

呵呵，终于来人了。你们行动可比我想象的慢多了。怎么一脸惊讶的？是没想到我这么好找吧？

你就一个人来啊？对了，我表哥呢？可别为难他，他什么都不知道。

我没逃，就是烦，心烦出来散散心不行吗？退休你们不让退，散心也不让吗？我又不犯法。

反正那个研究我是不做了，这些天在外面，我想明白挺多以前不明白的事。这人哪，连面对死亡的准备都没有，凭什么去面对永生。我以前就是把这事想太简单了，觉得搞科研的，只要埋头做就行，做出新成果，新成绩，那就是成功。可现在发现事情不是这样，人太复杂了，他们的属性比氯化金都要活泼，任何事情只要出现可能性，他们就会发生变化，这种变化你肉眼看不出来，但有些时候堪比物种跨越。

研究成果还可以推导，但人你永远猜不到他们会变成什么。

我和你们说过多少遍了，这个抗衰老研究根本没有什么进展，那次得出不同的DNA碱基序列构成数据完全是因为实验环节出了错误。不然为什么之后的重复实验再也得不出相同的数据?

哦，你是记者哪，怪不得……问的问题是挺外行的。

说实话，这次惹出这么大的风波，我也没想到。我只是想辞职，碰巧手头在做这方面研究，碰巧又出现了那次错误实验，哎……碰巧所有人都想要长生不老。怎么办呢?这话我听起来都不信，怪不得别人。

其实我心里是真的厌倦了这种生活，厌倦了科研。

原因?没什么原因，就是厌倦了。这世上不是什么事都有原因的，人就是喜欢给自己决定找些理由，好像这样就显得这决定正式了。可是干吗非得这样啊?人这辈子受的骗已经够多了，干吗还要这样去骗自己玩?不累吗?我搞了一辈子科研，找了一辈子真相，到头了这样去骗自己，我做不到。

现在的情况是，已经没人相信我了，不仅是我的领导，我的学生，就连我的女儿都不信我了。我只是不擅长和人打交道，可也不是傻，他们眼里分明只有对于抗衰老研究的关注，听不进去我说什么。之前还抱有幻想，但现在没了。

以后怎么办?我根本没想过，当时只是负气，说走就走了，以后……走一步看一步吧。说实话，人对于我而言，还是太新鲜，太陌生了，上帝给我再多可靠的指向条件，我也做不出符合今天结局的推导。真是太他妈精彩了。

嗯，你……你这就要走了?

等等，你相信我吗？

/ 总结笔记 /

这篇采访记录在我的某本笔记上。最后并没有提交给领导。也许是因为这些年我做过太多职业的缘故吧，早就没了当初那种对于职业的忠诚度，所以做事全凭个人喜恶。领导那边后来大概是用“没找到”“有政府阻力”这样的借口搪塞了吧。

反正从这以后，我再也没有见过张建国，连消息都不曾有过。

实话讲，对于他最后的那个问题，我的答案是相信。

为什么不呢？我活了太久，见多了这种事情。

就像几千年前，我在海上遇见的那个胖子，不也是一样。

叫什么来着，这么久了……哦，对了，徐福。

我信他。可又有什么用呢？

人类社会几千年了，怎么就是没点长进呢？

/ 人间烟火 /

0

每一个挣扎过的灵魂，身上都会留下印记，而心理医生要做的，便是像侦探一样地摸索这些印记，追本溯源，寻到绳索，为那些困顿的灵魂松绑。

“慢慢地，保持节奏，呼，吸，呼，吸……好的……放松身体。”

“想象自己成为了一片羽毛，随风飘动，眼前有橘色的阳光，浓绿的树叶，枝干，草坪，步道……”

看着病人呼吸逐渐平稳，张文轻出了口气，她把计时器放在椅子旁的小桌上，向办公桌旁的窗子走去，在等待对病人进一步深度催眠的间隙，翻阅着手机上推送的今日健身需求。

“看来今天只能夜跑了。”张文收起手机，拨开遮光帘的缝隙，窗外的天色逐渐暗淡。

1

夜晚的公园逐渐趋于平静。那些散步的，遛狗的，跳广场舞的，为国家发展献计献策的，聚散在公园不同位置的人，也都回到该回去的地方。男孩蹲在公园广场中央，摆弄着地上的圆柱纸壳，身影显得单薄寂寥。大概每当嘈杂热闹的场景回归平静，都容易给人这样的错觉。

本该是入冬的季节，可这座城市依旧保持着任性的热度，加上大雨将至，空气湿黏闷热，光影在水汽间折射形成了朦胧曲折的景象。眼前的世界像极不稳定的幻觉。

李默倚靠在公园长凳上，头脑昏沉。一面等待去绿道跑步的张文，一面透过水汽打量着眼前的男孩。他觉得这孩子的姿态像个插秧的农夫，大汗淋漓，却又满怀希冀。

直到最后几个圆柱体摆好位置，李默才看出来，是个规整的心形。

这是要放烟火哪。李默心想。

李默不喜欢烟火。不只是烟火，但凡是好看又对于生活没有实际用途的东西他都不喜欢。噼里啪啦，五颜六色，好看是好看，可然后呢？落在地上成了一团灰，像极了大梦一场。

所以张文说他不解风情，总用实用主义去否定生活中的这些美好时刻。她不止一次向李默抱怨过，朋友圈里别人的鲜花与惊喜，自从和他交往，她就没有过发这类朋友圈的机会。

李默："你作为一位专业的心理医生，应该明白每个人表达感情的方式都不一样。"

张文："可女人对于这种表达都是一样喜欢。"

李默："所以在女人看来鲜花惊喜就等于感情？"

张文："你就是喜欢钻这种牛角尖，我没在这两者间画等号。"

李默："既然没有必然联系，你就要允许其他表达方式的存在。"

张文："好，那你要怎么表达？"

说到这儿，话也就停了。

李默实在不知道该怎么接。他觉得这话里面有刺，有埋怨和挑衅的情绪，像是吃准了李默找不到其他的方式。

可让李默真正难过的是，他确实想不出其他更好表达感情的方式，这说明在这件事的分歧上，李默才是无理取闹的那一方。他有时候觉得张文像极了另一个自己，总是能精准地把握他难以反驳的弱点。

2

李默觉得此刻应该抽一支烟，可翻遍身上的口袋都找不到打火机。

他左右看了一圈，发现周围只有那个埋头插秧的男孩。

要放烟火身上肯定是带了打火机的。李默想。可踌躇半天他还是没上前去要，只是把烟叼在嘴里，嘬了一口烟草味。

就像不知道该怎么向张文表达感情，他也不知道怎么开口向一个陌生人表达自己想要抽一支烟的诉求。

这一刻李默挺理解张文的，关于表达想法这件事，自己也许真的有问题。他庆幸张文是心理医生，始终能包容自己的问题。

李默耳边忽然响起秒针走动的嘀嗒声，他低头摆弄腕上的米奇手表，想到了小时候的事。

李默爸妈都是老师，从小就对李默有着严格的教育。无论什么事都事先立好规矩与条件，考了多少分你才能看电视，考了多少分你才能出去玩，这种交易性质的教育模式带给李默童年巨大的压迫感。

在这种成长环境下，他几乎没有主动向父母要过什么东西，唯一的一次至今想来仍然印象深刻。

那是李默他妈有次带李默去百货商场，他看上了一米奇玩具，心里喜欢得不得了，反复和他妈妈说“妈妈，这个小老鼠真好看”“妈妈，你说这小老鼠晚上自己待在这里会不会害怕啊”这类的暗示。

他觉得成年人怎么也该懂自己的意思，可他妈丝毫没什么反应，就是敷衍着应答了几声。

正常来讲，到这种程度得不到反馈，李默会忍一忍，努力不再看这样东西。但这次的玩具他太喜欢了，实在忍不住，莫名生出了一种错过它就失去生命意义的盲目倔强。待在原地，扯着玩具，又哭又闹撒起了泼。

商场的人都在围观，李默他妈拉了几次，怎么都拉不走他，于是气急，打起了李默的屁股，一边打一边批评他："你看看你这次的成绩还好意思买玩具？家里多少这种玩具了，还要，除了好看有什么用？"

这事儿让李默委屈极了。因为他学习成绩一直不差，可却从未拥有过米奇。

后来闲聊，说起以前的事儿。李默爸妈都觉得自豪，说他们的这种教育方式很西方，很优秀。时常和李默说，以后有了孩子交给他们带，学习一定差不了。

李默吓得不敢接话，事后也和张文讨论过。

李默："以后不管多忙，孩子都要我们自己管。"

张文："恩，这是肯定的，隔代教育对孩子的心理成长不大好。"

李默："对对对，反正也不需要他多优秀，只要开心就好嘛。"

张文："你这种看法太片面，优秀与快乐之间并不矛盾，这主要在于家长的引导方式。"

李默："我认为有矛盾，再说学习那么好有什么用，人这辈子。"

张文："什么叫人这辈子？你才多大啊李默。再说你不能因为自己的学习成绩和现有成就有落差，就产生认知偏差，觉得学习没用，你这种行为可够反智的。"

李默想说他好好学习不是为了有成就，他只是想要玩具。最后什么也没说。

3

其实李默现在回想，自己算是一帆风顺的，考了个不错的大学，毕业后也拿到了心仪公司的 offer。他记得特别清楚，工作后拿到第一份工资，就去买了一块米奇手表，这手表他一直戴到现在。朋友同事们笑他，他从来没解释过。有次和张文在客厅看电视，他把手表的故事说了。

张文：“你看，你开始和我分享这种秘密就是一个良好的开始。”

李默：“我也不是第一次和你分享，以前也和你讲过不少。”

张文：“不一样，这次说的是你内心的创口，这种分享更难一点。”

李默：“因为我信任你，也算是对于你以前那个问题的回答，这就算是一种我表达感情的方式。”

张文：“你看看，你就这样。什么事都藏心里不说，我之前说你那些话觉得不痛快了？为什么当时不说出来？这样一直在等机会反驳？如果没机会说你是不是能记一辈子？”

一连串问句让李默无言以对，他懊恼自己多嘴。

不过张文也没真生气，伸手掐了李默胳膊一下，接着说：“其实童年阴影谁都有，只要我们能从中找到问题解决它，对于人生来说还是有积极意义的。”

李默：“那大夫你帮我瞧瞧，我的病根在哪里？”

张文：“你又没个正经。你啊，就是不善于表达自我，应该多尝试表达。”

张文：“很多情绪发生的当下就该表达，别总憋着。你想想其实很多事都这样，过去了就过去了，往后再怎么找补都没用。你这手表就是，工作了自己买和你小时候爸妈买，感觉能一样吗？”

李默看着面前侃侃而谈的张文，想说又不知道该说些什么。

张文：“你看，又不说话了。”

李默：“不是，我就是觉得……觉得你好看。”

张文乐了，很少听到李默说这种话。她踢掉脚上的拖鞋，转过身，盘腿坐在沙发上面对着李默：“你看，这话我就爱听，今天心情不错，你再多说两句吧。”

“张文。”李默看着张文，顿了一顿，“我也给你买个米奇吧。”

张文愣住了，看着面前的李默也不说话，过了一会儿，忽然哭了起来。

李默手足无措，又是递纸巾又是伸手去抱：“你哭什么啊？你不喜欢米奇你跟我说啊，我给你买别的，你别哭啊。”

张文哭不是因为她不喜欢米奇。她太了解李默了，李默这话让她心疼。

4

张文气喘吁吁的声音打破了公园广场平静的状态。她穿过广场与绿道间的绿植带，远远地就冲李默喊：“李默，我今天多跑了一公里，哎呀……不行了不行了，整个人都要散架了。”

李默：“下次我可不陪你了啊，坐在这儿喂蚊子，傻不傻啊。”

张文：“那你倒是和我一起跑啊，不是我说你，你看看你现在的肚子。”

男孩本来在打电话，听到对话声才发现这边长椅上坐着人。兴许是觉得不好意思，他转身往相反的方向走了几步，身影渐渐融入夜色当中，剩下手机屏幕的光，在黑暗空间里浮动。

张文走到李默身边坐下，看了眼地上摆着的烟火和远处打电话的人，轻声问：“这是烟火吧？”

李默：“浪漫吧，你肯定喜欢。”

张文：“我喜欢个什么劲，又不是你准备的。”

李默：“我宁愿给你买个包，烟火就好看那一阵，跟场梦似的，醒了也就完了，没啥意义。”

张文：“好看就够了，干吗一定要有意义？对烟火来说，好看就是它全部的意义。你知道吗，其实从心理学定义，爱情也和梦一样，那你说爱情有什么意义？不也是醒了就完了？”

李默：“我也不是什么都追求有意义。”

张文没搭理李默，打开手机回复跑步时收到的那些信息。公园里起了风，枝叶摇曳，沙沙声和远处传来的低语在空中往复循环，像一首歌。

下雨了。一滴水落在李默的鼻尖。

男孩跑回烟火中央，对着电话那头焦急地喊着“你快来，下雨啦”，另一只手想要遮蔽雨水，可烟火太多实在顾不过来。

嘀嗒嘀嗒的声响再次响起，李默下意识地低头看向手表，这才发现指针似乎一直没怎么动过。

“快点了吧，趁雨没大，不然等下就真的点不着了。”张文起身朝对面的男孩喊。

男孩望着远方，犹疑许久。兴许是因为是觉得女孩赶不上了吧，他最终还是垂下手臂点燃了引线。

“张文，我的表好像是坏了。”

“没电了吧？”

“不能吧？这……”

刺啦，黄色的线迅速勾勒出了一个心形，在深夜格外瞩目。张文拉起李默向燃起的烟火走了过去。

砰砰砰砰，男孩身边的烟火一个接一个地被引线引燃，伴着声响，光球从圆柱体中迸发，在天空划出一道夺目的轨迹，在最高处炸裂，爆发出让人目眩神迷的光色。

烟火刚刚绽放，大雨便哗啦啦倾盆落下，混着漫天花火，像极了油墨。光影在水花间流转，把世界渲染得光怪陆离。

天空也成了张画布，涂抹满了流光溢彩的笔触，李默与张文抬着头望着天空默然无语。

“李默。”张文把头依靠在李默的肩上，“说点什么哪？”

李默扯了扯嘴，终究还是说不出话来。他看了看孤独伫立在烟火中央的男孩，又低头看向张文，她的面目在流转的光影间变得模糊不清。

想起无数个有话难言的委屈瞬间，李默喉头低声传出了三个字。

“我爱你。”

滚烫的雨水顺着李默的脖颈流淌，流淌进了胸口。

李默睁开了双眼。

5

所有的患有心理问题的病患，问题根源大多都是基于以下三个原因产生：对真实理解不透彻，对梦境本质太着迷，对爱情仍存留原始幻觉。

张文合上笔记本，用手掌轻抚脸颊稍做放松。

遮光帘严密地封锁了窗外的世界，隐藏了时间运转的痕迹。

黑暗模糊了空间的边界，让诊疗室的物理空间难以琢磨。

唯一的光源来自办公桌上的台灯，它所发出的暖黄色灯光，给整个空间注入了某种情绪。

张文纤瘦的身影被灯光投射在桌面上，庞大且模糊。

那阴影笼罩着桌面的钢笔、本子以及上一位病人留下的米奇手表。

人间烟火，不如大梦一场。

中秋夜凌晨两点消失的月亮

1

“所以你是想告诉我，中秋凌晨两点如果月亮消失，你妈就炸了？”

“是，哎……不对，这不是重点，是所有人都会炸，人类将面对有史以来最大的灾难，灭顶之灾。” 刘二狗看对方依然不信，格外加重了后几个字的读音。

李劲松放下笔身子后仰，仅有的耐心消磨殆尽。他一边揉按着眉心，一边感慨。就这还构建和谐社会？构建个屁。总嫌我们服务态度不到位，也不看看我们每天接待的都是些什么。这工作还怎么进行？还能有什么态度？谁没点脾气！真是的。

“哎，我说，那什么二狗啊，不是我推脱责任，是我们民警实在没这么大能力，你这事儿啊，要找宇宙警察，这归他们管。”

去你妈的宇宙警察，刘二狗在心里骂道。

看样子还是没人相信他说的话，录个笔录，一晚上换了仨人。第一个更过分，让刘二狗去问问天蓬，说月亮不见是不是他吓得。你说这俩能是一回事吗，要害怕也是嫦娥害怕，和月亮有什么关系。

不过也没法子怪别人，这事换谁听来都是天方夜谭。关于月亮消失引发人类灾难这件事，刘二狗也不是一早就知道。

这要说回三天前的一个下午。

2

那天刘二狗下班回家，像往常一样堵在城市的主干路上。

对堵车的免疫，是每个城市人的天赋。但此刻不行，对刘二狗来说不行。

因为生理上的不可抗力——他想要拉屎。

不知道是哪位哲人说过，每个人生命里都会有那么几分钟不能等待的时刻。很着急，很焦虑。

刘二狗觉得此刻自己就迎来生命中这个伟大的时刻，着急，一秒都不能多等的那种着急。

活了几十年，这绝对不是第一次。但是从没有过这样着急的感觉，这次的屎来得与以往都不同。

可对于刘二狗来说，他能做得不多。只能尽力夹紧臀部的肌肉，催促司机快点。

“着急别坐出租车啊，坐火箭好了。”

这话太伤人，让刘二狗觉得委屈。凭什么啊？以前坐公交车着急的时候也是，催司机两句，司机就让滚，说着急就打车。现在有钱打车了，又他妈让去坐火箭，怎么就没个头呢？人和人之间怎么就不能相互理解呢？

刘二狗想思考一些事情来分散注意力，可注意力不受控制，开始胡思乱想起来。人类传承这么多年了，肯定我不是头一个遇到这种情况的，也不知道他们当时是怎么熬过去。还是原始人好，没有文明，没有礼貌，想在哪拉在哪拉。

唱歌吧，唱歌可能有用。刘二狗用手拍着大腿唱了起来：“相信自己，噢噢噢噢噢……”

司机用后视镜瞥了一眼后面，不再说话。估计也是害怕了。这种乘客确实不多见。

天边的乌云越压越低，一副大雨将至的样子。街道两旁的高楼沉浸在巨大的阴影下，像极了农场主围养牲口的栅栏。

刘二狗也不知道那天最后怎么到的家。反正是意识模糊，太不一样了，从没有过。这次已经上升到生命哲学的高度。

他觉得眼前昏昏沉沉，耳朵充满嘈杂的人声。一会儿是围着树叶一身毛的人从眼前走过，一会儿又是穿着大长褂子的人走过，从石器时代到农耕时代，从封建文明到现代文明。整个脑子嗡嗡响个不停。

等到刘二狗清醒过来的时候,发现眼前的世界都泛着妖异的紫色。

怎么形容这种感觉呢。顿悟？噢，不对，神启，这绝对是神启。一下子多出了几万年的记忆，自己成了一个全知全能的先知，多不可思议的经历。刘二狗觉得自己不再是刘二狗了，但他也不算是那个先知，自己到底是谁，这从哲学上很难定义。

没法定义就没法定义吧，反正名字只是个代号。刘二狗在自己家里溜达了几圈，很快适应了这种全新的状态。

脑子里响起了嘀嘀嘀的声音。刘二狗自然而然地闭上眼睛，感觉整个人飘浮了起来。

眼前是浩瀚的星河，炙热的太阳，蔚蓝的地球，一切星体都在有条不紊地运动着，刘二狗沉浸在宇宙的幽秘无限。

这时一个骑三轮车的白胡子老头从太阳后面经过。

老头穿着白背心花裤衩和一双凉拖，哼着小曲骑着车，等骑到月球旁边的时候停下了车。 他从车上下来，盯着坑洼的月球表面看了一会儿，然后把耳朵贴近，用右手轻轻地拍了拍。听完以后点了点头，轻巧地把月球抱了起来，放在了三轮车的后面。

“哎，那个老头，你……你要干什么？”刘二狗看老头要带走月亮，跑到跟前把车给拦住了。

“收月亮啊，都长熟了，不能再放，不然就烂了。”老头也不看刘二狗，自顾地骑着车就要撞过去。

“我说你这个老头怎么这么没素质？怎么能把公物给拿走呢？等会儿，哎哟……”刘二狗挡在车前没想到老头真敢撞，猛地一下醒了过来。

刘二狗一下就有了预感，就像一加一等于二一样自然。中秋夜凌晨两点月亮会消失，然后全人类都会爆炸。

他也不知道怎么办。按理说，堂堂先知，好歹活了几万年，人灭不灭亡早就应该看得很淡了，但也许是因为刘二狗原本的记忆太近了，这点屁事儿一下子又看不淡了。

可是能怎么办呢？自己只是个先知，又不是超人，没法飞到外太空去找那个老头，又不甘心什么也不做。上论坛发帖，一位热心网友提供给自己了个心理医生的电话。

这些人真他妈愚蠢。

做点什么总好过什么也不做，琢磨了三天，最后还是决定报警。因为按刘二狗原有的记忆来看，人民群众遇到事，只有找人民警察去解决。

3

“好了好了，这些你已经和我之前的同事说过了。你看看笔录上记的都有。不然这样吧，时间也不早了，你先回家，反正你说的情况我们也大概了解，等有了解决方法，我们会第一时间通知你的。”李劲松努力压下怒气，慢条斯理地说。

刘二狗心想，老子活了几万年，一个全知全能的先知，你心里怎么想的我能不明白吗？就这么敷衍我，就你们这样的工作态度人类可不是该毁灭吗？

“我不走，全人类毁灭的责任你担得起吗？这事儿你要是管不了，就把你们最大的领导找来解决。”刘二狗说。

李劲松瞥了眼墙上的表，离下班时间已经过去三个小时了。家里来了好几个电话，就在刚刚老婆还在催。说一家子等自己回家吃饭呢，中秋节难道不回家了吗，还想不想过了。怎么会不想过呢？不想过我上班赚钱是为了什么呢？

好吧，鬼知道我是为了什么，全人类毁灭倒好了。生命有一大半的时间都耗在这局子里，天天处理这些鸡毛蒜皮的案子，老张家的猫上树了，老孙家的狗咬人了，老赵家老婆跟人睡了。自己当年是脑子进水才会选择当这个破警察的，这他妈和居委会大妈有什么分别？

想着想着，李劲松心里也有点急了，他把桌面上的东西整理到文件夹里起身离开房间，临走前和刘二狗说：“行，你等着，我给你喊领导来。”

出来以后，李劲松深深地出了口气，然后问一边整理资料的徒弟：“小张，那边电话怎么说？”

“师父，他家里离这里还挺近，他妈刚才电话说马上到，这会儿应该也不多了。”徒弟回答。

“行，那就再等等吧。”李劲松回到办公室的位子坐下来，整个人瘫在椅子上，像极了泄气的皮球。

他把文件放在桌上，目光注视着一旁的照片。那是女儿五岁生日的时候一家人的合照。孩子今年六年级了，马上要上初中，又是一笔不小的开销，为选学校这事儿，他没少和家里的老婆吵架。

小区对面的一中就挺好，非要上什么私立学校，说是双语教学以后好送出国。出国，哪他妈有钱出国，国内的教育也不见得就差了。李劲松很难想明白，为什么日子会把两个人过得越来越远，不离不弃成了相看两厌，真挺没劲的。

“师父，来了，他妈来了。”

“嗯，好，知道了。”

刘二狗他妈打进门起腰就没挺起来过，一个劲地鞠躬道歉：“不好意思，大过节的，给你们添麻烦了。”

“可不是吗，你以后可要看好你儿子，你一个不留神，耽误我们四个小时。损耗警力不说，万一真出事了，人家报案排不上号，不干着急吗？”

“是是是……我也没想到怎么好好个人忽然就癔症，他上周回家看我还好好的。”刘二狗的妈妈一边赔礼道歉，一边不停地往笔录室瞅。

刘二狗听见动静开门出来，看见了在警察面前鞠躬道歉的母亲心里一下就明白了。嘀，这算什么事，把我妈给整来了，得了，我也仁至义尽，愿意灭亡就灭亡吧，这人类我是真救不了。

“儿子呀，你没事吧？让妈看看。行啊，也没啥毛病，你说，你说你没事来警察局闹什么闹！”刘二狗他妈举起手要打，想了想又放了起来：“哎，算了，你指定是因为工作，又把自己给逼得太紧了，工作重要还是身体重要？走吧，回家，回家过节。”

刘二狗看着面前的母亲觉得无比遥远，也许时间越久，先知的记忆与自己的记忆融合得便会越彻底。自己本来短暂记忆里的人与事，只会变得越来越遥远，就像把一碗浓稠的墨水倒入大海，很难留下什么踪迹。

算了，几万年都过去了，何必呢，也没什么事儿真值得自己较真的。先知从来没有过家，趁现在对于家庭还有感知，不如就在这个中秋回去吃一次月饼吧。

仔细琢磨琢磨，一整个人类社会的存亡与中秋节家人团聚在餐桌上吃的一顿饭相比，谁也不比谁伟大。刘二狗笑了笑，整个人充满了空虚感。他摇了摇头，搀着自己的母亲离开了警察局。

4

办公室的灯灭了几盏，归家的便多了几人。

很简单的因果关系，是当代社会运作的一些小规律，就像是天体的运转，始终遵守规律与秩序。

李劲松拖着疲惫的身躯走在路上。深夜的城市又重新回归静谧与空旷，它透露出的是一种原始性，是属于自然界本身的原始性。

洁白的月光安抚着大地，映照在街道两旁墨绿的树木上，泛着青色的光泽。李劲松抬头望着月亮，恍惚之间，月光闪了一闪。

他很难确定，月亮是不是还在那里。

/ 闹海 /

朋友说，这不就是“哪吒闹海”的故事吗？我摇头，只要海水不干涸，这样的故事每天都会上演。

1

时至今日，每遇世间不平事，我仍会想起老厂房的那户邻居。一对父子，一杆长枪，刺破了一整个天下的混沌荒唐。

我不确定那段故事是否还讲得明白，没办法，人生太多不确定。我唯一能确定的，大概只有两件事：一是终将来临的死亡，一是再难遇见，像他们这般的人。

故事里那对父子是隔壁老王和小王。

老王性子执拗，也因这脾气闹出不少事端。那个年代乐子少，闲散时间大家都愿意坐在院里老槐树下，唠嗑乘凉，消磨光阴。大家最爱唠的，还是老王那点破事儿。

老王在工厂做事，属于踏实肯干那类。就是不懂规矩，说话又耿直。认定对的事，谁劝都听不进去。领导有次试着敲打，问老王，做人这么执着累不累？其实话里多少都带着讥讽。可老王愣是以为领导在夸他，乐得合不拢嘴。

世上的道理本该是简单的，对就是对，错便是错。老王想不通好好的直路，为什么被世人走得蜿蜒曲折。

直到后来手下学徒小张小刘小李，一个个成了他的张哥刘哥李哥，他终于释怀。顶多笑着嘬口烟骂上一句，操蛋。

工资几十年如一日微薄，工作永远沉重烦琐。到后来老婆也跟别人跑了。人生的坎坷曲折，悲欢离恨，在老王身上发生，人们倒都不觉得奇怪了。

好在老王的身边还有小王，不至于孤独终老那般凄凉。

2

小王是老王的儿子，性子随他爸，也是个牛脾气。

小王打小就喜欢《水浒传》的故事。最快乐的日子是夏夜里，蝉鸣蛙声，凉席蒲扇，母亲坐在床边读水浒，蒲扇扇动，吹走天真无邪。

后来母亲离开，老王依旧忙碌。小王每至孤独难捱，都会拿起那本《水浒传》，翻开皱褶肮脏的封面，沉浸肆意汪洋的世界。

小王最喜欢书里的林冲，爱风雪山神庙的苍茫，总幻想有朝一日能练成绝世枪法，提着红缨枪，杀他个黑白颠倒，然后出走流亡。

那段时间，小王每天都缠着老王，软磨硬泡，死皮赖脸。想要把枪，林冲那样的。少年心性，老王也有过。巧的是，年轻时的老王，也是耍枪的好手。

这是小王第一次求老王，老王真上了心。破天荒请了假，昼伏夜出。也不知从哪里搞来一丈黄花梨，半块玄精铁，支起家里久未开火的铁炉，打开尘土封盖的木箱，大锤小锤，长镊短镊，一应器物，足备齐全。

粗削细磨，雕纹涂蜡，火烤炉熔，日夜流转。小王醒来看见长枪的那天，老王没在家里，他一早便骑车回了工厂。

长枪平放在桌上，桌面还摆了一满碗酒，像极了一场仪式。老王以前和小王说过，世上每个侠客都有一件生死与共的兵刃。小王很开心，提起红缨长枪，自己也算作侠客了。

估摸小王不记得老王的后半句话。侠客之所以会和兵刃生死与共，大多是因为孤独，孤独到只剩这些个破铜烂铁相伴终老。

小王庄重极了。这是他第一次喝酒，也是他第一次触摸长枪。少年热血，只觉此刻有酒有枪，这世上便哪儿都去得。

3

院子里的花开了又谢，树绿了又黄，日子便这样过。小王练着枪，老王上着班。

一日午后闲暇，小王在老王面前挽了个枪花：“我耍枪时有没有禁军教头的风范？”

老王给了小王一脚：“学谁不好学那个软蛋，自己女人都护不住，也就名号唬人，有个屁用。”老王忽然想到自己，脸色铁青，住嘴不语。

不过小王没想到老王那里。他想不明白，女人有什么好。好汉们行走江湖，来去如风，呼啸山林，天高海阔，踏浪而歌，带个娘们儿不知会有多麻烦，还不如牵条狗来得潇洒。

老王回过神来看到小王不说话，以为伤了他的心，拍了拍小王的脑袋安慰：“臭小子你也别灰心，其实你也算是天赋异禀。”

“爹，我就知道，是不是我骨骼惊奇百年难遇，心性坚毅异于常人……”

“这倒不是。”老王摇了摇手指，从口袋里取出根皱褶的香烟。

“那……难道我们家本是武林名门望族，为躲避仇家归隐山林，此刻到了收回武林霸权的时候？”

老王点燃香烟，45 度仰望天空回忆着往事说道：“你娘当年怀你花了三年零六个月……”

砰，小王把枪尾狠狠地杵在地上。大喊老王滚蛋。他觉得老王一定不是自己亲爹，世上没哪个亲爹会这样戏弄自己的孩子。不，这不仅是戏弄，简直是侮辱。

老王却站在原处，安静地抽着烟，好似什么也没发生。眼看小王负气踹开大门离家远走，依旧是无动于衷。

老王发现小王像极了年轻时的自己。

孩儿啊，其实这枪法如人，人够直，枪法便直，枪出如龙，雷霆万钧，气贯云霄，横扫千军。可惜这尘世处处掣肘，你枪法愈是厉害，便愈是容易伤着自己，刚则易折。逼上梁山，千里流放，古往今来这些个豪侠谁又逃得过这结局。

4

看见柳眉儿第一眼，小王便把所有不愉快统统抛到了脑后。

陈塘关这么个小县城里，从没有出现这样的美人儿。

小王看到美人儿胸前一汪雪白，看到那火红绫罗绕身，看到那盈盈一握的腰肢和那修长娇媚的身姿。她就像一团炙热的火焰，一眼面红心跳，再一眼发烫起火。火苗便在心里扎下根，是天雷地火，是干柴烈火，是攻心毒火。

“姑娘，你……你在找人吗？”泡妞这方面，小王确实没经验，他老子也没教过。小王是看这女孩左右张望，觉得大概能帮上些忙，硬着头皮上前搭讪的。

也许是人群嘈杂，把小王的声音掩盖。柳眉儿神色冷淡，依旧向街道远方张望。

虽说泡妞这事小王没啥经验，但好在厚脸皮这一重要技能，他算是无师自通。

小王扒拉开人群，硬是挤到柳眉儿面前，理好衣衫，清了清嗓子：“打扰了姑娘，在下王小侠，陈塘关人，我看你像是遇到了难处，不知有啥能帮忙的吗？”

柳眉儿看到小王，一声惊雷炸响在心尖，冷若寒霜的面庞骤然晕了红。她红唇轻启，欲言又止，一双眉目在小王身上兜兜转转。

小王只觉春江水暖，流光溢彩。目眩神迷间，心慌了神。

千言万语化作一声叹息，在柳眉儿心头晕开：我便说，这天下再大，我总有法子找得到你。

柳眉儿探出手臂，抓住小王的衣领一把把他扯到身前。

她压抑下心中冲动，红唇挨着小王耳畔轻声道：“奴家柳眉儿，从南城来。本骑赤兔一路北上，也不知这马进城时发什么疯，撇下奴家跑了起来。奴家初来此地，人地两生，不知少侠能否帮奴家寻回赤兔，奴家感激不尽。”

酥胸抵着心口，小王清晰感知到心脏扑通扑通跳动的声音。眼前的世界也只剩下这抹红色，红得妖艳，红得耀眼。

柳眉儿轻轻把小王推开，眼神里百世韶华，那是浓郁纠缠的贪恋，更是消散不去的哀愁。

这些都是小王难以读懂的。

他挠了挠脑袋，尴尬地干笑两声：“柳姑娘莫急，且在此处等着，小侠我……这就替你寻马去。”

小王在人群间穿梭，逢人便问，有没见过这匹毛发鲜红的宝马。

许是老天眷顾，许是精诚所至，小王路过一道小巷时听见了口哨声。他顺着声音走进去一瞧，竟真寻得了赤兔。

只见那赤兔马此刻安静地趴在地上，脑袋倚着台阶，颇为享受地晒着太阳，像条狗似的。它看小王来，一下有了精神，直起身子，用头不停地蹭着小王的胸口，把小王痒得哈哈大笑。小王总觉得，这马该是在哪儿见过。

小王骑着赤兔马，提着红缨枪，回到和柳眉儿约定的地方。他觉得自己此刻应该帅得一塌糊涂，因为街边好多少女都在热情尖叫。应该发条朋友圈的，小王默默想着。

前面人群骚动，像是在发生争执，等小王靠得又近些时方才看清。

是陈塘关有名的官二代李不二，他正带着随从围住了柳眉儿，一脸贱笑：“小娘子来陈塘关穷游吗？来哥哥家里玩好不好？哥哥家里有的是钱，想要什么哥哥都能给你……”

“住手！”小王看急了眼，赤兔马也急了眼，连助跑都没，直接蹬腿越过了围观群众。

“哪里来的小王八蛋，还骑着马，你知不知道在城里骑马是违章？”李不二回头看到小王骑着马，先是惊讶，紧接着破口大骂。

小王也不答话，纵马就冲，枪花舞动，腾走如龙，寒芒乍泄，风吟马啸，一个照面过去，李不二和他那些随从们就已倒成一片。

柳眉儿把手伸出，高高举起，眼含笑意地望着小王。

自古美人配英雄，承欢走马江湖路。赤兔奔驰而过，小王伸手一握，轻轻一扯把柳眉儿带上马背。尘土飞扬，人们眼里只看到火红光影远去，渐渐模糊。

“王小侠，你喜欢我吗？”

“喜欢，我喜欢得很，也欢喜得很，我想起一首诗，我要读给你听。”

“好，我最喜欢听人读诗，你快读。”

“骑最快的马，爬最高的山，喝最烈的酒，爱最爱的人。”

“……”

5

一开始老王是拒绝的，本来自己一个人开开心心吃着火锅，唱着歌，傻儿子骑着匹马带着姑娘哐当一下就闯进家门，屁大点儿的院子忽然就变拥挤起来。三人一马，你看我，我看你，谁也不说话，气氛着实尴尬。

“我女人。”小王率先打破沉默，费了半天劲从马上爬了下来，又小心翼翼地将柳眉儿抱了下来，也不看老王，拉着柳眉儿径直坐在饭桌旁。

柳眉儿涨红了脸，低着头大气不敢喘，手被小王握着，心里却紧张极了。时不时地，还抬眼偷瞄老王几下。

老王也不知道该说些什么，冲着两人点了点头：“好，回来就好，刚好一起吃火锅，自己怪没意思的。”

也不知这傻儿子哪辈子修的福气，捡回来这么个天仙似的姑娘回家做媳妇。老王心里隐约觉得不安，可看着面前的一对年轻人，又觉得这幕似曾相识，往事如昨。

罢了，年少轻狂，谁没有过呢。

老王出神的工夫，赤兔马凑了过来，一口把老王筷子上刚蘸完酱的牛肉给吃了。

赤兔马得意地看着老王，柳眉儿尴尬地看着小王，小王赶忙又夹了块肉，递到老王的碗里。老王的脸绷不住，一下笑了出来，小王和柳眉儿也跟着一起笑。本来沉默的饭桌逐渐活络热闹起来。

乌云聚合，天色忽暗了几分。大概是陈塘关的雨季要提前来了。

“爹，要下雨了？”

“嗯，你们先吃，我去收衣服。”

6

生活在继续，日子却有了很大的变化。家里多了个女人，一切都变得井然有序起来。院里枯萎的花草重焕生机，凌乱的屋子也变得简洁干净。柳眉儿的手很巧，每天的饭菜精致可口，花样百出，老王小王每天一到饭点，就会准时坐在餐桌，像一对顽童拍着桌子齐声喊饿。赤兔马也在一边叫唤着，不仅叫还伸舌头，不得不说，这匹马真的很像狗。

老王在一天午后把小王叫到身边："儿子，别再练枪了，好好过日子吧。"

"为什么啊老头？侠客是我的梦，怎能有了温柔乡就忘记英雄梦？"小王拿抹布仔细地擦着红缨枪的枪身。

老王点了支烟，又一次忧郁地45度望向天空："臭小子，你真当侠客那么好当，这世界黑白颠倒，你要是当了侠客，每日行侠仗义就要累死，而且无证执法，碰到哪个背景硬的，一不小心是要蹲号子的。"

"最重要的是，豪侠们没有家，他们只有梁山。"

小王不服气，可他又说不过老王，只能闷头耍枪。

老王叹了口气不再多说，背着手就上街遛弯去了。他听说隔壁跳广场舞的大妈新来了个领舞，每次跳起最炫民族风都能引起老头们的一阵尖叫，今天厂子休息，正好可以去一睹风采。

7

一日柳眉儿上街买菜，遇到一件怪事。

虽然在街头被尾行不是第一次，可被和尚尾行绝对是头一遭。而且这和尚俨然一副得道高僧的模样，法相庄严，佛光普照。实在是想不到。

“大师，你……迷路了？”柳眉儿猛然回头，和尚还想躲，可实在是反应不过来。

“喀！”和尚掸了掸袈裟，双手合十，颔首行礼，“贫僧来寻小王施主，劳烦女施主带路。”然后不再言语，只等柳眉儿引路。柳眉儿困惑地点了点头，饶是她古灵精怪，此刻也是摸不着头脑，只得默默带路。

“眉儿你可回来了，我要饿死了。”赤兔马一叫唤，小王便知道柳眉儿买菜回来了，紧忙跑到门口开门迎人。

小王打开门，看到了柳眉儿，也看到大和尚。他一边把柳眉儿迎进家门，一边用眼神问询，柳眉儿耸肩，表示她也不知道情况。

小王恍然大悟，赶忙说道：“大师，我家信基督的，别费劲传教了。”边说边要关门。

和尚也不客气，侧身钻进小王家里，顺手帮他把门关上。

“臭秃驴，你弄啥？”小王震惊地望着面前这和尚。未曾想这世上竟有如此厚颜无耻之人，不禁感叹往日年少轻狂，涉世不深。

和尚理好袈裟，又恢复了法相庄严，佛光普照，大师风范：“小王施主，昨日我夜观星象，发现紫薇式微，天煞明亮，天狼耀星光……”

“说人话。”

“你要倒霉了，穿没穿红内裤？”

小王低头瞅了一眼：“穿了啊……”

老王听到外面有动静，出来观望，倚着门框，一边嚼大葱，一边听他们扯淡。

和尚见小王不听，硬是要把自己推出门外，忙把手中的九环锡杖往地上一震，口宣佛号，阿弥陀佛。

小王退了两步，还真被和尚这手给唬住了，不敢妄动。

“小王施主，你可还记得那七尺二寸混天绫？”

“混什么玩意儿？没听过。和尚你到底要做什么？”

“你们这些年轻人，看事情太表面，你不记得混天绫是因为你早被斩断神识，可如今你与其朝夕相处，神识早晚会归位，此事已然违反天道，必有大祸将至的。”

“你说我和混天绫朝夕相处，在哪儿呢？我怎么没见着啊？”

“哎，施主你……”和尚看了眼小王身旁的柳眉儿，又抬头望了望天，“罢了，灾因已种，恶果将至。眼下只有施主入我佛门，斩断尘缘，尚有一线生机可得。”

“滚蛋滚蛋，你以为你是法海啊！”小王听大和尚胡言乱语，心烦意乱，终是把他推出门外。

只是关门那会儿工夫隐约听到和尚念叨：人生如梦亦如幻，如露亦如电……

柳眉儿脸色苍白，默默走回屋里。老王倚着门框不说话，不知道在想些什么。院子里安静得只剩下午后蝉鸣，沉默像张无形的网，让小王喘不过气。天气燥热，赤兔马也热，热得伸舌，热得淌汗，汗的颜色鲜红，像血一样鲜红。

8

老王从院子的一处地里刨出一罐陈酿，招呼小王在桌边坐下。

老王递给他个酒杯："臭小子，这酒的味道你还记得吗？"

"你送我枪那天，酒就在旁边。"小王兴致不高，有一句没一句地搭着话。

老王这次反常，不再45度望天，他用双手把酒平举在胸口，盯着小王一字一顿地说："孩儿，我与你说过很多次，这世界不是侠客能救的。一念之差，万劫不复，外面洪水滔天，分分钟就能把你淹死。你能怎么样？还去学哪吒闹海不成？到时不光你死，柳姑娘也要陪你。那问题，我今日再问你一次：你要家，还是要梁山？"

"为什么？老头我不明白，为什么一定要选？"

“这便是他们嘴里的规矩，是这世道的规矩。”

小王心下茫然，痴痴地望着老王，千言万语化作一声叹息：“家。”

老王点了点头：“很好，你很好，柳姑娘也很好。喝完这杯酒，忘了江湖，忘了红缨枪，忘了侠客梦，安安稳稳地过日子吧，小子。”

小王举起酒杯，仰起头一饮而尽，酒水顺着脖颈、脸颊，和着眼泪一起流下。他明白，心里有些东西彻底碎了。

到了夜里，姑娘睡了，马儿累了。老王和小王分别坐在院子长凳两端，父子两人坦诚相对，说了许多从没说过的话。老王问小王出去闯了些什么祸，小王便把与柳眉儿相遇的故事，添油加醋讲给老王。老王只是笑着听，也不说话。

夜再深一些，小王也睡了。老王把大衣披在小王身上，往门外走去，房里睡着的姑娘，地上睡着的马，凳子上睡着的小王，一切如常，只有老王在叹息。

“傻小子，你这次惹的是一片海哪。”老王提起墙角倚着的红缨枪，月光把他的影子拉得很长很长，大门吱吱呀呀，打开又关上，“别怕，有爹在。”

月光下的老王白了头。今年夏夜比往常要凉，老王心里却翻滚着久违的热流。他最后望了眼身后的房子，然后挺直胸膛，哼起《定军山》，大步流星，豪气干云。

9

小王醒来时发现自己躺在温暖的床榻，只觉头痛欲裂。

柳眉儿单手托腮，痴痴地望着小王。她明白有些事不得不面对，可仍幻想这刻时光能久些，再久些。

小王回过神儿，发现柳眉儿灼热的视线，不好意思地傻笑。

“嘿嘿，昨天老头灌了我太多酒……不过他也好不到哪儿去，我打赌他现在还和周公下棋呢。”

柳眉儿也不言语，神色古怪。小王也摸不着头脑，不知发生了什么。

“眉儿……你哪里不舒服吗？”

柳眉儿默然不语。小王努力回想，只是隐约记得昨天来了个奇怪的和尚。然后和老头喝酒，醉倒到现在，醒来眉儿就怪怪的，也不知道老头……想到老王，小王心里莫名慌了神，他赶忙起身寻找，发现老王不在，红缨枪也不在。

院墙上不知何时落了几只乌鸦，哑哑的声响让本就压抑的空间愈发阴沉。

“眉儿！老头，老头他……是不是去了李府？”

“我不知道，王叔他昨晚走了一直都没回来。”

“你不知道？你一定知道！柳眉儿你什么都知道是不是？”

“三……王小侠，我真的不知道，我从没骗过你。”

小王想起昨晚父亲的神态，想起半醉半醒间父亲和自己说的话，他的手抖了起来，紧接着整个身子都跟着颤抖起来。

“王小侠，我不管你心里怎么想，但此事因我而起。无论如何，火海刀山，我只求与你一起。”柳眉儿从背后抱住小王，双手环在他的腰间，紧紧抱着。

小王神态狰狞，紧紧地咬着牙关回答：“好。”

赤兔马本就是战马，通人性，它感受到小王痛苦，也是面露狰狞，双蹄飞踏，载着两人，疾驰如红色闪光。柳眉儿伏在小王宽厚的背上，两侧景色倒退，她比谁都要熟悉这个男人身上的温热。

柳眉儿要得从来不多。走了那么远的路，熬过那么多孤独时光，从不是为了什么天长地久。够了，真的够了，她没有那些天真的奢望。三太子总会醒来，他天生就是英雄豪杰，命里就是要上天入地翻江倒海。能有一刻温存，已是隽永。

好羡慕天上的那两簇流云哪，它们依偎得那么紧，快要分不清彼此。柳眉儿望着天空，红了眼眶。

终是近了，威严气派的李府就在眼前。大石狮，高台阶，还有那金黄的牌匾，和钉在牌匾上那杆满是鲜血的红缨枪。

赤兔马奋力一跃，小王反手将长枪拔下，两人一马冲飞拦路家丁，哐当一声，破门而入。牌匾摇晃了几下，砸在地上，尘土飞起。

进来以后，小王才发觉，李府太大了，好似一整个天下。此刻他才明白为什么老王以前总教育他，说侯门似海，原来是真的就是汪洋大海。黑的白的，层次分明，沉在这里。任你多大能耐，进这海也掀不起浪，只剩下个死字。

李不二叼着雪茄，带着保镖，悠然地从长廊上走了过来。方正冲虚，三山五岳，听说过的没听说过的，但凡武林上有点能耐的，此刻都整整齐齐排着队伍，低眉顺首地站在他身边，一脸的奴才相。

“臭小子，你家那个老头还算是有能耐。昨晚还真差点让他翻了天，我跟他说别闹，乖乖抵命就放过你，那个傻子还真同意了。所以我说你们这些人，再有能耐能怎么样，还不是我翻手就按死的蝼蚁。你既然来了也省我一番功夫，乖乖把小娘子交出来，饶你一条贱命。”

李不二抽着雪茄自顾自说着，那帮绝顶高手谄媚地赔着笑，一边和声称是，一边冲着小王吆喝，让小王赶紧乖乖把人送上来，不然凌空一指就取他小命。

小王一言不发，冷静得异乎寻常。他抬头看着苍天，看到流云浮动，云卷云舒，像老王的脸。

“抱紧我，眉儿。”

“嗯。”

赤兔疾驰，破风嘶吼，小王反握红缨，眼神坚定，长啸一声，朝着密密麻麻的人群冲去。

这些个武林高手满是惊讶，没想到这少年竟真敢反抗。不过一恍神的工夫，便已经杀到眼前。小王从没用过这样凌厉的枪法，人是直的，枪是直的，心也是直的。手下枪影舞动，快若流星，长江大河，力若奔流，两人一骑如同尖刀般刺入人群，霎时就杀出一条缺口。

十丈，七丈，五丈，四丈……

小王盘算着与李不二的距离，愈发接近，却又愈发吃力。在场众人皆是武林成名高手，自然都有绝学傍身。此时小王深陷人群之中，缠斗之间寸步难行。一阳指，七伤拳，打狗棒法，华山剑法，降龙十八掌，武当七绝阵，一个个绝学招式都朝着小王使去，纵使他长枪挥洒得密不透风，此刻也被种种内劲震得头昏眼花，意识模糊，也不知断了几根肋骨，碎了几寸肝肠。

赤兔马早就伤痕累累，全凭一口气驰骋人群，此刻终于是支撑不住，悲鸣一声，轰然倒地。小王与柳眉儿也随之摔落在地。

武林高手们哪能放过这等机会，刀枪剑戟斧钺钩叉，纷纷往二人身上招呼。柳眉儿紧紧地伏在小王的身上，一脸的坚忍倔强，明火般的眸子透着浓烈的爱意，身上的红衣被鲜血浸染，红得发亮。

“三太子……”

血水浸得柳眉儿睁不开眼，恍惚间她再一次看见了那个小婴孩，他坐在莲花上，手里拿着红色绸缎，开心地笑，笑容纯净温润，惹人爱怜。

此刻风卷残云，大地颤动，暮时的红霞愈发亮眼，亮到刺破天际，亮到洒满人间。天是红的，人是红的，血也是红的。人们隐约间只看到柳眉儿抱着小王的身体渐渐浮上天际，紧接着便是虎啸龙吟，天地变色。

10

光芒褪去，风止尘息。

后来武林上的人说起那天的小王，都是一脸惊惧。

他如同焚世灼焰，战神金刚，脚踏五味真火风火轮，身披万丈红霞混天绫，手持破天荡魔火尖枪。每走一步便是星河倒转，雷霆万丈，没有人能接得住他一招半式，这些个武林高手的四肢首级，五脏六腑，纷纷在他的怒火里焚烧成了灰烬。

李不二吓得瘫在了地上，惊恐地看着渐渐走近的魔王，涕泪直流。

小王踩着尸体与碎骨，一步一步地走向了李不二，只是一枪，便只剩下了无尽的寂静。浊浊尘世，滔天巨浪，黑白颠倒，规矩教条，一切都被眼前的这个男人给搅得荡然无存。

11

雪山苍茫孤寂，亘古而立。

老头儿啊，枪是直的，人也是直的，若是这世道歪了，我们大可以把它走直。小王伫立在雪山之巅，身影也是一般孤独寂寥，身上鲜红的混天绫迎风飞舞，好像是在对他点头表示认同。

一声佛号吟起，大和尚从远方缓缓走了过来，看着一地残骸脸色悲凉。

“施主可还要去寻梁山？”

“不了。”

“那施主要去向何方？”

“珠穆朗玛。”

“所为何事？”

“战天。”

朋友说，这不就是“哪吒闹海”的故事吗？我摇头，只要海水不干涸，这样的故事每天都会上演。

/ 沙海葬心 /

1

烈日悬空，肆意释放能量，狂风卷动着光与热，在金黄大地上奔腾。

走马川，雪海边，平沙茫茫黄入天。深入青藏高原腹地，于唐古拉山脉与昆仑山脉之间，有几万平方公里人迹罕至的土地。这儿气候莫测，地貌复杂，素有“神秘的死亡地带”之名。

这里便是可可西里无人区。

本是“大漠孤烟直，长河落日圆”的浩渺苍茫，几辆停驻于其间的越野车便显得尤为突兀了。有三辆军绿色挨在一起，再隔十几米远的距离还停着两辆深棕色的，此刻三个男人正汗流浃背，围在一辆军绿色的越野车前。

“你们准备啥时候撤？”男人打开油箱盖，伸手和旁边的人要输油管，和赵铁生搭上了话。

赵铁生没言语，把油桶放在地上，自顾拧着瓶盖。

“哎，小孩儿，问你话呢。”另一个搭手修车的男人用扳手敲了敲车皮，斜眼瞧着赵铁生喊。

“我撤你妈。”没预兆，赵铁生噌一下站了起来，伸脚就踹。

军绿色越野车上的人看外面动上手，都下了车，把赵铁生围到中央，一边推搡一边质问：“弄啥咧？帮忙就帮忙，你咋还打上人了？”

那些人穿着齐整的制服，不怎么干净，可还是把赵铁生衬得落魄。他穿着灰色棉衣，有些地方的补丁打了几层，脏得如同山间野人。

人多，但赵铁生不怵，他梗着脖子，眼睛瞪得溜圆，张口大骂：“你们这些王八蛋，才来这儿几天，有成绩吗？这江山可是爷爷们用血和汗一点点打下来的，凭什么让给你们？我们撤？你们才他妈应该趁早撤！”

稍远的两辆棕色越野这才察觉到这边状况，都下车靠了过来。为首的男人面色焦黑，身材高大，步伐沉稳，走向人群，双手用力一拨，没二话就把赵铁生给拽了出来。两帮人各自成列，相互推搡，骂骂咧咧。

两边都是保护可可西里的巡山队。赵铁生这边的野牦牛巡山队是民间组织，先前维护他的黑壮大汉正是他们巡山队的队长占堆。另一伙人是官方组织，隶属于保护区管理局的巡山队。

两小时前，野牦牛队本沿着计划路线执行日常的巡山工作，半途收到求助信号，这才赶来帮忙，没想到了地方，发现这信号是管理局的巡山队发的。

双方成见沉积已深，见面自就无话，这才只让赵铁生一个人过来帮忙。

此刻赵铁生看了眼身边的兄弟，大家伙满面风霜，情绪激动，和对面那一帮衣衫齐整的人泾渭分明，心里端不是滋味。

十年前一腔孤勇热血的他，怎么也预见不到曾经坚守会走到如今这般进退维谷的境地。

2

2004 年，赵铁生刚刚看完可可西里，他记住了影片里日泰队长的一句话。

“朝拜长跪的人，手和脸都脏得很，可他们的心却比谁都要干净。”

电影黑幕之后是长久的沉默。他一拍大腿做了决定，去可可西里参加巡山队，像日泰队长一样，守护那片神秘土地上的生灵。

其实这事细里琢磨，立不住，电影上的巡山队离生活太远，无门无路的赵铁生又如何投身其中。这也只是年轻人一时头脑发热，若放任不管，大抵行至半途便会生出其他新鲜想法，事儿自然也就黄了。

可这事儿后来没黄，有一半原因来自赵铁生的爸妈。

赵铁生是美术系的学生，名字听着硬气，身材却瘦弱得像个姑娘。他那天给家里打电话，他爸接的，他说准备去可可西里，他爸问他为啥，他说想保护藏羚羊，藏羚羊太可怜了。他爸就乐，也不光自己乐，还喊上他妈一起乐。

一句规劝商量都没，压根就不信。

这激起了赵铁生那股子犟脾气，他想着爸妈电话那头笑得直不起腰的样子，心里暗暗发誓，这事儿必须做，不成功便成仁那种。

也没做什么准备，简单收拾行李就上了路。先是坐火车，然后倒客车，交通工具换了一轮，辗转奔波，算是到了玉树州的森林公安局。

公安局门口有个穿着皮夹克，染着一头红毛的小年轻在抽烟，赵铁生简单看了那人一眼，然后径直进了大门。

局子里负责接待记录的警察是个中年男人，正低头填写档案，也没抬头说道："桌子上有笔，先填张表吧。"

赵铁生就走到桌前，看了看上面的几份表格，抬头问接待的警察："大哥，我不是来报案的。"

那中年警察手上的动作一停，抬头打量了眼赵铁生问："不是？我看你样子也不是本地人，不报案来这儿干啥？"

赵铁生说："我来参加巡山队啊。"

那中年警察头又低下去，一面写着东西一面和赵铁生说："局里最近没有招收志愿者的打算。不过你倒可以问问门口那小孩儿，他是野牦牛巡山队的。"

赵铁生出了门，再一次打量起面前的红毛青年。

那人嘴里哼着曲儿，把手上的烟头一扔，用脚掌踱灭，抬头刚好遇上赵铁生的视线。

“得嘞，跟我走吧。”

这是赵铁生第一次见到阿旺，这个未来十年最信赖的队友，最要好的兄弟。

与狡猾的盗猎者斗智斗勇，与严酷的大自然砥砺抗衡，多少次命悬一线，多少次绝地求生，赵铁生靠着那不服输的倔脾气，很快就成长起来，成为了巡山队里的重要角色，能够独当一面，完成了许多重要困难的任务。

他和阿旺两个人也成了队里的黄金搭档，两人出生入死，进退与共，相互之间一个眼神便足以了解彼此心意，深受占堆重用与赏识。老人们有经验足够沉稳，新人们也有拼劲有胆识，野牦牛巡山队正是在这样的积极热血的氛围下迅速发展壮大，在无人区中声名鹊起，让无数盗猎者闻风丧胆。

每每念及过往，便觉得如今的一切着实让人难以接受。

3

占堆耐着性子安抚着队员们的情绪，在他的调解下，野牦牛巡山队和管理局巡山队之间的冲突终究是没有爆发。

返程路上大家谁都没说话。风沙拍打玻璃的声音格外清晰。赵铁生看着窗外一会儿想着上学时候的事儿，一会儿又想着在可可西遇到的事儿，毫无联系的经历让他恍然间有活了两辈子的错觉。

“谁天生都没有这样的责任，比起留下，离开才是大多数人该去做的选择。”占堆轻声说，似乎是自语，也似乎是在告诉每一位队员。

赵铁生紧握着拳头，看着副驾驶位上占堆的背影。

占堆在藏语里是降妖除魔、克敌制胜的意思，他是野牦牛巡队的第三任队长。

野牦牛巡山队由西部工委协同民间组建，在他的带领下，队伍功绩卓越，十四年间破获盗猎案件96起，缴获枪支120支，车辆104台，藏羚羊皮8735张，抓获盗猎者400余人，在国内外引起了极大的轰动与关注。

在过去辉煌的衬托下，现实更显得苍白骨感。对野牦牛巡山队而言，解散只是时间问题。

几年前，可可西里的保护工作指派到了玉树州，西部工委被撤掉，依附于其下的志愿者团队野牦牛巡山队并没有被纳入编内，成了纯粹的民间组织。

占堆和几代队长队员一起用血和汗打下的旗帜，尴尬地扬在空中，随风飘荡，无处可归。他们也抗争过，可结果却不尽如人意，甚至几次受到了政府的遣散。

“大家伙回营啦！”

赵铁生回过神儿，朝基地里值班留守的几个队员点了点头，勉强挤出一个微笑回应。

办事处里的执勤队员听见汽车鸣笛，迎了出来，看到大家全是垂头丧气，气氛怪异，纵是满心疑惑，也没敢开口发问。

办事处是灰砖工厂临时改建的。除了队伍日常办公，还当仓库，存放从盗猎团伙那儿缴获的动物皮毛以及武器枪械，清点封存后入库，定期上缴国家。

停车，列队，交枪，每个人例行公事一般，草草清点了装备物资，先后离开。

赵铁生正往外走，没多远，肩头忽然被人搂住，他回头一看，是阿旺。

阿旺脸上难得一见的兴奋，他拉着赵铁生，非要去城里的小酒馆喝上两杯。

“兄弟，我有个事儿和你商量一下。”阿旺看了眼四周，低声说道。

“和我还用商量啥，直说吧，能帮我肯定帮。”赵铁生笑着回答，可瞧着阿旺神色阴郁的模样忽然心下一沉。

“你……”赵铁生站起身打量着阿旺，心情愈发凝重。

“呸。”阿旺啐了口唾沫像是打定决心，接着说道，“和你我没啥瞒的，现在明眼人都瞧得出来，野牦牛要散了，我是想咱这些年实在是不值，最近有些人找上我，出大价钱要买羊皮，我寻思反正咱巡山队也不做了，不如就……”

“你他妈给老子住口！”赵铁生一把掀翻了桌子，桌上的酒杯器具叮叮当当地散落一地，那是理想坠落的声音。

“你急个什么急！我不说了就是商量商量，又没真答应，再说了这些羊皮本来就是我们的东西，这都是我们应得的！”阿旺也站起身，朝着赵铁生大喊道。

“这些羊皮从来都不属于哪个人，它们只属于可可西里。”赵铁生揪过阿旺的衣领，盯着他的眼睛一字一句地说道。

这话让阿旺身子一颤，忽然就泄了气，过会儿摇了摇头，轻声回答道：“我明白，我都明白……”

4

可可西里的历史上有过几次淘金热，虽一度被遏制，但这几年再次兴起。

挺幽默的，盗猎团伙几年间年少了，金矿老板却像雨后春笋般冒了出来。主要还是钱的功劳。

矿业发展对于原始生态的破坏更为严重。环境自净能力消退，生态系统错乱。每年夏天藏羚羊到木孜塔格峰坡下产崽，总会受到人为的惊吓，很多当场就难产死掉了。

占堆为这事儿着急上火，抓过几次淘金老板。可人家有县里矿局出的开采证明，做的是合法买卖，队里根本无权处理，没几天也就只能放了。

占堆也去过几次县里找县领导。得到的答复，不是正在调查等待落实，就是领导外出下次再来。赵铁生看出这是场持久战，便自告奋勇，和阿旺一起三天两头去找县政府沟通。

日子久了，县领导还是接见了他们，问他们：“青藏高原腹地，近 4.5 万平方公里，这么大一片土地，它的价值呢？”

赵铁生说:“这土地上的生灵，壮阔的景色，不都是它的价值吗？”

气候恶劣，荒芜人迹，可地底却储备着如此丰富的矿物。它是真正能够解决地方区县里的财政困境，不发展矿业，我们哪有钱修路，哪有钱建学校，哪有钱做医疗援助……

那天赵铁生和阿旺回去以后，天也黑透了，俩人把这些话告诉了占堆，然后便是长久的沉默。

赵铁生也想明白了一件事，很多时候人的信仰并不怎么讲道理，等到开始讲道理的时候，便是信仰走向死亡的时候。

这件事以后，占堆颓废了许多，无论队员们如何安慰，他都只是苦笑。一个人的时候，占堆总喜欢望着远方的阿尔金山出神，谁也不知道他在想些什么。

5

占堆颓废以后野牦牛巡山队的人心也彻底开始涣散，陆陆续续开始有人离开。

赵铁生不愿意野牦牛队就这样不明不白地完蛋，倔强的他不由分说就把管理队伍的责任扛在了肩上。后来每次有人离开队伍，大家都会用一场大醉去掩饰那份无奈，离开或者留下，没有谁心里是真的好受。

这天又有人走，赵铁生觉得不是滋味，就半夜开着队里的老吉普巡山，他只是想短暂地逃离这种压抑。

呼啸的北风卷起沙砾，狠狠地拍打着车窗。赵铁生被各种声音包围在狭小的车里，竟生出了片刻安稳的错觉。车内暖黄色的光线像极了小时候在家中写作业的台灯，母亲总会在书桌上放一杯温热的牛奶，一杯下肚，整个人都温暖极了。赵铁生想起自己已经许久没有跟家里有过联系了。

砰。

赵铁生迅速刹车熄火，缓缓地把车门打开了一道缝隙，拿着武器翻滚下车。他趴着观察了一下周围大致的环境，顺着开枪声音的方向匍匐前行。

凭他的经验，盗猎者就在附近。

一只藏羚羊倒在血泊当中，随着生命的流逝，整个身体抽搐的幅度愈发微小。赵铁生观察着藏羚羊的身体困惑不已，如果是盗猎者，为什么没有剥下羊皮就已经离开?

赵铁生刚意识到危险，便被一支长管猎枪抵在了后脑。

“嘿嘿，老赵啊，又见面了。”盗猎者把赵铁生手中的手枪卸下，摸索检查着他身上的其他部位。

“马全又是你，你现在不是跟着金矿老板干活吗，为啥还要杀羊？”赵铁生听出了盗猎者的声音，愤慨地质问道。

马全过去是个盗猎惯犯，经常帮外面的老板猎杀藏羚羊，占堆追捕了几年都没有将他绳之以法，是巡山队的老对手了。

“不为啥，老子就他妈是手痒。”马全一脚把赵铁生踹倒在地，一只脚踩在他的背上，一只手揪着他的头发问道，“这么多年了，你也没点长进，还是一副可怜样，今天老子心情好，你给我磕几个头就不杀你。”

赵铁生猛地发力想要挣脱，可脑袋被马全死死按住，他反手用手里的枪托狠狠地抽打着赵铁生：“你是真想找死啊，我今天教教你怎么做人。”

鲜血顺着赵铁生的脖颈向下流淌，强烈的眩晕感让他失去了反抗的力气，恍然间只觉得马全叫骂的声音离自己越来越远。

“我问你，学会了没有？”马全用手抓着赵铁生的头发把他的脸转到面前。

“学……学会了。”

“磕不磕头？”

“磕……呵呵呵……”鲜血流满了赵铁生的脸，他咧着嘴大笑，森白的牙齿混着血水，在黯淡的夜里显得甚是可怖。

马全看得心里发毛，四下望了一圈，把瘫软的赵铁生踢到了一边，骂了几句便离开了。

北风依旧呜呜作响，像一阵阵悲戚入骨的哭声。

赵铁生用仅存的力气爬回了车里，关上车门便昏倒过去。

6

赵铁生回到队里整整一周没有下床。

野牦牛队里的每一个人都咬牙切齿地骂着马全，可却没人真的去找他寻仇。也许是队伍领袖占堆的颓废，也许是岁月早把每个人的热血熬凉。

在秋天的某个清晨，占堆离开了营地，再也没有回来。

谁都明白，这最后一根稻草终于落了下来。

赵铁生也彻底没了办法，只想着好聚好散，便宣布了野牦牛巡山队正式解散的消息。

多年的战友兄弟终要分别，这情绪太过复杂沉重。每个人都故作镇定，相拥祝福挥手作别。直到有一个人哭了出来："这一切，到底是为了啥啊！"其他人也都悲从中来，号啕大哭。

是啊，为了什么？24岁的赵铁生想过，没想明白。34岁的赵铁生依然想不明白。

说到底，这十年真的像一场梦一样。

阿旺是除赵铁生以外最后一个走的，赵铁生记得那天的阿旺喝了很多酒，有一整片卓乃湖那么多。

可那天酒醒之后，赵铁生依然选择留下来。他记得大学的时候读过罗兰的一本书，上面有一句话写得很好——

世界上只有一种真正的英雄主义，那就是在看清生活的真相后依然热爱生活。

赵铁生做到了。

大厅里只剩下赵铁生和满屋的狼藉。他也无心整理，眼前浮现的都是往日兄弟们在这里生活奋斗的场景，他随手拉来一张凳子坐下，哼唱着《定军山》里的句子："一十三岁习弓马，威名镇守在长沙。"视线透过大门向远方望去，那是早已熟悉的风景，荒凉的大地，纷飞的草屑黄沙，还有若隐若现的山峦。

"快要入冬了哪。"赵铁生叹了口气，缓缓起身向仓库走去。

当仓库大门打开的时候，赵铁生整个人呆在原地。

一仓库的羊皮，全被人抬走，只剩一地羊毛。

他猛然想起了阿旺之前和自己说过的话。

7

一辆破旧的吉普车在县城里横冲直撞，伤痕累累的车门上涂鸦着野牦牛的队徽。

羊皮被盗赵铁生第一个想到的是阿旺，仓库一直以来都是由他看管，加上他离开时的反常，由不得赵铁生不怀疑。

这些羊皮是野牦牛队抓捕盗猎团伙时缴获的，年底都会上交政府，每一张皮上都可以说沾着他们的鲜血与荣光。现在队伍没了，只能把希望寄托在县政府身上，能够帮忙封锁路面交通抓捕阿旺，赵铁生不想让野牦牛的旗帜在最后的时刻还要蒙上污点。

手机嗡嗡的震动声在车子里回荡，瞄了一眼屏幕上的联系人，是久未谋面的父亲。

赵铁生只觉得胸口烦闷，摇了摇头，停下车飞身奔向了办公大楼。

衣衫褴褛的他和高大威严的政府大楼，在阳光下显得这般格格不入。

赵铁生不愿耽搁时间，直接就冲进了县长办公室。

“哎呀，小赵啊，什么事情这样莽莽撞撞的？我这边还有客人呢。”县长恼怒地看着闯入的赵铁生，语气充满了反感。

“对不起，县长我有急事儿要和您汇报……”赵铁生喘着粗气正准备解释，看着屋里的人顿时愣在当场。

“不要紧不要紧，这也是我的老熟人了。”马全大剌剌地坐在会客沙发上，抽着烟，戏谑地望着门口的赵铁生。

赵铁生看着马全得意扬扬的模样，却无可奈何。他想笑一笑，可费力地抽动嘴角也做不出任何表情。

县长不耐烦地挥了挥手：“去吧去吧，先去隔壁等我，你能有多大的急事儿。”

赵铁生也没应声，挺起胸膛，打定主意，直直地走出了房间，再没理会身后的声音。他不想明白那些盘根错节的社会关系，宁可一辈子也不要明白这些道理，他只想要自己的信仰，永远不死。

赵铁生看着县政府两侧洁净的白墙，只觉得像是天上的云朵，自己则是只穿云而过的鹰。鹰应该保持骄傲，他不需要任何人的帮助。

嗡，仪表盘飞速转动，马达轰鸣。赵铁生唱起《定军山》，驾驶着那辆破旧的吉普车，寻觅着远方隐约可见的车辙，向着可可西里的深处疾驰而去。

车子掩入漫天黄沙中，渐渐地化作一缕烟尘随风消散，赵铁生的声音却仍旧清晰可闻——

站立在营门三军叫。

大小儿郎听根苗。

头通鼓，战饭造。

二通鼓，紧战袍。

三通鼓，刀出鞘。

四通鼓，把锋交。

上前个个俱有赏。

退后项上吃一刀。

就此与爷我归营号。

到明天午时三刻成功劳。

……

后来，再没有谁见过赵铁生其人。

/ 无 常 /

他意识到，自己的人生像一个巨大茧。在茧里，期许外面。可真到了哪天破茧而出，才是真正悲哀的时候。虫子就是虫子，飞上了天空自己依旧是只虫子，没人会知道他的存在。也许只要一阵风，一场雨，连痕迹都留不下来。

1

唉，楼道里依旧充斥着一股气味。

也不清楚是从何而来，味道类似过期海鲜，又腥又臭。徐无打量了一圈，捂住鼻子，急匆匆地开了门，然后再砰的一声关上门。

他回到阴暗简陋的出租屋里，长长地吸了一口气。

记不起是哪天开始的。

也和房东反映过，那个看起来和蔼的大妈，总是嘴角微微上扬，像是憋着笑似的。

她和徐无解释，说是物业管理处最近因为民事纠纷，垃圾清理的工作没法进行。所以楼梯间有些臭味在所难免，过几天就好，如果实在忍不了，去租其他的房子就是。

能怎么办呢？市中心很少有这么便宜的单间出租，难道仅仅因为楼道的气味就搬到郊区吗？只能忍着，人生要忍的事多了，不差这么一件。

徐无是这么想的。

话这样说，可每天那气味传来的时候，徐无还是会琢磨。

这是垃圾堆积的味道吗？

徐无不是本地人，不过他相信这只是暂时的。凭借自己的能力，他早晚能在这座大城市里站稳脚跟。这个城市有着数以万计和他一样的年轻人。大城市机会多，资金充足，技术发达，视野开阔，平台好。有太多理由支持着他们背井离乡来到这个地方奋斗。但好像从来没人愿意停下脚步认真想想，这些个好处，哪一条真的属于自己。

人就是这样，追求真相，却又在真相来临的时候拒绝相信。

味道好像越来越大了，徐无在心里想。今天他没有了以往的工作热情，就这样枯坐在电脑前看着屏幕上空白的 Word 文档，内心充斥着不安与焦虑。他总觉得那股气味此刻已经将他的屋子包围，只等某一个时刻全面入侵。吞噬光线昏暗的空间，吞噬苦苦挣扎的自己。

不行，这事儿还是要尽快解决。徐无告诉自己。

“……这倒不应该啊。”物管人员低头想了会儿，然后问徐无，“你的确是住在顶楼，是吗？”

“是的。”

“嗯……顶楼是没有设置垃圾投递处的，一直以来都是和下面那层统一放置在一起。而且现在垃圾清理的工作也已经恢复了，不应该会有这样的味道啊……”管理员看见徐无一脸担忧，忙说，“哎，或许是你对门的住户家里的味道，看起挺漂亮的女孩，没想到生活习惯这么差，我改天上门去提醒一下她。”

“那就先谢谢你了。”

看来这种事情果然应该和物业管理处沟通，当天晚上回家，那股腥臭的味道就消失不见了。

接下来的日子，徐无终于彻底摆脱了那恼人的气味，精神再次振作。工作上完成了几个不错的方案，领导为此还在公司当众表扬了他。徐无当场热泪盈眶，差点跪下喊上一声爸爸。

认同感真是个好东西，它是漂泊者的性药。一两句赞美之词，轻易便让这些无根之人兴奋热烈，恨不得抛头颅洒热血，为城市虚假的辉煌付诸一切。

徐无高兴极了。他认为这事情确实是个预示，人生转机的预示。佛法说无常，他认同至极。反正自己一无所有，已然算是人生谷底，即是无常，总该要有上升阶段的，吃了这么多苦，总该能得一些甜吧。

这要是佛祖知道了，心里肯定不好受。徐无是把他当作无产主义平权者了。

2

今天是难得的周末。对于徐无来说，很少会有此刻这种闲暇的时刻。

他是个工作狂，几近所有的时间不是在上班便是在加班。像一台永动机，只要不被人为停止，便能一直运转。不过这次的确受到了人为的停止。

是有天汇报方案，老板看见了徐无布满血丝的眼睛。这眼睛让老板觉得不舒服，这不好，容易让人觉得他是一个无情的资本家。这使得徐无平白多出了两天假期，强制的。

忽然这样，徐无倒觉得不知所措了。他在屋子里漫无目的地转圈，一会儿打开电脑，一会儿关掉。要么就走到阳台，看着窗外灰蒙蒙的天空发会儿呆。

门铃声响，徐无走过去开门，是送快递的，给徐无送来他一周前在网上买的生活用品。

“请在这里签个名。”快递员递来一张单子。

徐无接过单子的时候，看到了对面的门缝里透出淡淡的金光。

他没多想，把填好的单子还给了快递员。

“辛苦你了。”

徐无目送着快递员离去，关门的时候，又看见了一闪一闪的金光。

是什么呢？徐无关上了门疑惑不已。

他拆开了快递箱，想要清点这些东西，可注意力始终难以集中。

是灯光吗？

可现在是白天，灯光也不该有这种亮度。

徐无把快递里的东西一件件取出放好，把撕掉的胶带和包装纸放进箱子里。

还是去看一眼吧。

徐无把门打开，慢慢地探出身子，注视着对面门缝里透出的金色光芒。那金光忽明忽暗节奏稳定，像极了动物呼吸的节奏。他慢慢地靠近那扇门，脑袋缓缓地接近门缝。徐无感觉有一瞬间自己呼吸停了几秒，紧张极了。他将眼睛贴近门缝，看了过去。

白茫茫的一片，像平整辽阔的雪地。

奇怪极了，徐无慢慢后退了一步，看着这扇门。金光不见了。

“真是的，这算什么嘛。”徐无嘀咕着回了屋子。

3

第二天在一楼遇见了正在打牌的大爷，其中一个面熟的和自己热情地打了招呼。

“小徐，上班啦？”

“是啊。”

“昨天晚上楼道的电箱烧坏了，电梯也停了，晚上爬楼的时候要当心点啊。”

“是吗？好的，我知道了。”

“没办法啊，老房子，线路什么的都差些。”大爷摇摇头，“虽说两年前大修过，但也只是表面好看而已。”

“大修？”

“啊……”大爷停了一下，看了看徐无，压低声音说，“这栋楼啊，其实两年前大修过一次，也不知道为什么。我想可能是想卖高价给外面的人吧。”

“哦……这样。”

“我看你是这边的租客才告诉你啊，有不少人还以为这栋楼是新楼呢，在中介挂的价钱可不便宜。”

“新楼旧楼，反正我是买不起，哈哈。”

等到徐无晚上回家的时候，发现走廊里一片黑暗，才突然想起今天早上大爷说的话。

走廊灯坏了啊。徐无从口袋里掏出打火机，打了好几下，始终打不着。只能摸黑前进。

真是倒霉，也不知道什么时候能修好。

“啊——”正这么想着的时候，徐无好像突然碰倒了什么，然后从下方传来了女子的尖叫声。徐无再次掏出打火机，又打了几下，这次终于打着了。

“你没事吧？”徐无走上前去。微弱的火光映照着女孩的面孔，他看着女孩的眼睛像看见了一片星空。

“啊，没事。”女孩揉了揉脚脖子，然后站了起来。

“我……实在是不好意思。”

“不是你的错，走道里太黑了，我也没看清楚。”

“要么我送你回去……”

“不用了，反正也快到了。”

“那你住……”

“802。”

“太巧了，我住 801，你旁边，一起走吧。”

女孩想了想，好像也无法拒绝：“哦，好。”

徐无把女孩送回了家，虽然只有几步路的路程，但他却觉得非常高兴。

一整夜徐无都在想女孩的样子。

没想到我隔壁竟然住了一个这么好看的女孩。真迷人，这个女孩的眼睛，跟我以前见过的女孩都不一样，像星星一样，真是奇妙的感觉啊。

徐无扭头看向窗户的位置，想象着窗帘背后璀璨的星空，心里升腾着甜蜜的情绪，这种感觉对他而言实在是久违了。

4

有些事儿越是刻意，反倒越是适得其反。接连几天，徐无都期盼着和女孩的再一次邂逅，可说来奇怪，女孩再没有出现过。他每天上下班路过女孩家门都会等上一会儿，可屋里好像是没人，连一点声音都没有。

也许是……出差或者是旅游吧。徐无离开的时候想。

国庆节要到了，对徐无这样的工作狂而言，长假是负担，离开工作岗位的他总是无处可去，这座城市太大。无所谓了，还是像往常那样在家办公吧，也挺好，他一边苦笑安慰着自己，一边把需要用到的文档整理归类，拷到了移动硬盘里，再次确认无误后，离开了公司。

徐无从写字楼下来，看到停车场出口处有一辆熟悉的车子。黑色奥迪，牌照也熟，车子打着转向灯停在路边。徐无反复观察以后确认，是老板的车子。

他从车子后面走过来，想要打个招呼。还没靠近，就看到一个年轻女孩从另一侧走到副驾门前。女孩长头发，身材纤长，挎着一个红色的包，大概二十出头的样子。因为侧身看不到脸，但徐无总是觉得有些熟悉。

老板从里边把车门打开，女孩一只手扶着打开的车门，一只手捋紧下身的裙摆，弯下腰，坐进车里，临关门前回头看了一眼。

徐无看见了星空。

太阳西沉，释放出最后的能量。日光穿过街道两旁的树木投在地上成了影子，蜿蜒曲折的枝干在地上延展，刺进了徐无的心里。

是她啊。徐无这才想起公司一直以来的传言，老板结了婚，但依然风流成性，凭着年少多金，身边从不缺年轻貌美的女伴。

徐无的手捏成了拳，又缓缓放开。关他什么事呢，对于他这种留在这座城市就已经用尽全力的人来说，很多事，连想的资格都没有。

徐无看着来往的车流与人群，感到了从未有过的空虚。

他意识到，自己的人生像一个巨大茧。在茧里，期许外面。可真到了哪天破茧而出，才是真正悲哀的时候。虫子就是虫子，飞上了天空自己依旧是只虫子，没人会知道他的存在。也许只要一阵风，一场雨，连痕迹都留不下来。

这时候谈努力，很虚无。

徐无漫无目的地在街道上兜圈儿，等回到了小区，天已经黑了。他垂着头，径直进了电梯间。

“等一下！”

徐无下意识地按下了开门的按钮。

哎？声音好耳熟啊。

“你……你好。”徐无看到眼前的女孩惊讶极了。

“啊，是你。”女孩显然也记得他，“那天真是谢谢你了。”

“呃，那个，没什么的。”徐无看着女孩，总想说些什么，又不知从何说起。他看到女孩手上拎着一大堆菜就问道：“你自己做饭啊？”

“嘿嘿，是啊，要不要尝尝我的手艺？就当是感谢你那天的帮助。”

“真厉害，看得出你很会烧菜……”

“那当然，我男朋友说我是米其林三星的水平。”

“这样啊……改天有机会我一定尝尝。”一句搭一句，也不知道再说些什么，女孩说得越兴起，徐无的心就越往下沉。

电梯到了8楼。女孩走出电梯，回头笑着说：“那你可要抓紧咯，我这个月底就要搬走了。”

徐无茫然地看着女孩，看着她掏出钥匙打开房门，突然想起了什么：“那个……你的屋子……你之前有在走廊闻到一股奇怪的气味吗？”

“气味？什么气味啊？”女孩皱着眉头看着徐无。

“我是说，就在这里，每天回家的时候，有一股腥臭的味道，前段时间一直有的。”

“从来没有过你说的那种味道啊，”女孩笑，“喂，我像那样懒惰的人吗？”

“不是这样的……我想，也许是这户人家的关系。”

“哪里？”

徐无指着对面那户人家的房门：“我说是这里的问题。”

“什么‘这里的问题’？”女孩一脸不解地，“这里只是一面墙啊。”

5

也顾不得和女孩解释了，徐无跑到了物业管理处，找到管理员问：“你说我对面那户人家的……是指 A802 吗？”

“呃？”管理员觉得莫名其妙，但还是点了点头。

“那 A803 呢？”

“啊？”

“我说，我是 A801 的，我对面门应该就是 A803 吧？”

“可是这栋楼并没有 A803 啊。”

“怎么可能没有……”

“开什么玩笑。”管理员疑惑极了，“顶层只有两户，你的801还有你斜对面的802，哪有什么A803啊……”

管理员接下来说的话，徐无已经听不到了，他抱着文件包踉踉跄跄地走上了8楼，打开了房门，然后走进了家里。他拿起遥控器想打开电视机，可是按了好几下也没按中开关键，最后遥控器掉在了地上，徐无想蹲下身去捡，才发现自己的手一直在抖个不停。

那令人作呕的恶臭。

说什么垃圾堆积的缘故。

还有那莫名其妙的金光。

明明就没有803。

徐无实在无法停止自己的想象，他逼迫自己想点别的东西，譬如今天晚上一定要完成的那几份计划书，但他的脑海里却只是浮现出那扇门，门缝里透出的金色光芒，呈现在漂亮女孩眼里的一面墙，一切的一切，都在吸引他去查明真相。

“他妈的，那里一定有什么东西。”

徐无拿着铁锹从家里出来。对面的门真的不见了，只剩一面雪白的墙。

那股熟悉的恶臭再一次涌了上来，比以往的每一次都要强烈。

徐无忍下胃部的反应，一步步向那面墙靠近。

走到跟前，徐无想深呼吸平复一下心情，可一想到那股恶臭这样的念头也就作罢。他举起铁锹，拉展全身，用尽力气。

一下。

两下。

三下。

白色的墙皮一层层脱落，缝隙里再次透出熟悉的金光。

一闪一闪。

像人的呼吸。

徐无加快了频率和力度。

轰的一声，整面墙被打破了，一座巨大的金佛立在徐无的面前。

徐无打量了金佛片刻，发现它背后还隐藏着一个空间，于是奋力一推将金佛推倒在地，恢宏的宫殿出现在了他的眼前，数不尽的珠宝黄金在里面散发出巨大的光芒。与此同时，巨大腥臭味扑面而来。徐无顾不得这让人窒息的气味，激动地浑身都在颤抖。他沿着宫殿中轴的红毯，一步步走进去，瞪大双眼看着琳琅满目的珠宝、金饰。

红毯两侧齐整地跪着两排人，他们低头不断重复着一样的话。欢迎您，我的主人。

徐无瞟了几眼发现这些人里，有他的老板、同事、客户，甚至还有些是电视上才能看见的人。曾经的他们对自己不屑一顾，可此刻一个个都恭敬地匍匐在地上成为了仆人。

他也顾不上理他们，只是去欣赏那些属于自己的宝藏。

他先是用手一件件地抚摸，感受着黄金传递出的冰冷的触感，然后贴近珠宝瞪大双眼仔仔细细地瞧着。原本刺鼻的腥臭味，此刻在徐无看来也变得妙不可言。

我佛真是慈悲，这就是无常吧。徐无再也压抑不住内心的狂热，纵身一跃扑向了眼前绚烂夺目的黄金海洋。身后倒在地上的金佛像是发出了一声叹息，徐无浑身一凉，这才发现自己已然双脚悬空。

6

李想拖着行李来到一栋居民楼的楼下，对了一下手里的地址，又看了眼周围的环境，神情疑惑。

他走向楼道口打牌的人群那里，问其中的一个大爷："大爷，打扰一下，请问 A 栋 801 是这栋楼上吗？"

大爷回头看着李想，神情古怪，停了一会儿，点了点头。

"太好了，谢谢您大爷。"李想冲大爷笑了笑，然后拖着行李进了电梯。

"你说这房东也真有能耐，前一个租客刚跳楼，这才三个月，又招进来一个。"大爷看李想上了电梯，回头和人们说道。

"可不是嘛。"

"将军。"

“哎哟，你个死老头，不对，上一步你走哪儿了？”

“你管我走哪儿，王八蛋才悔棋。”

围观的人被两个老头争执的模样逗乐了起来。

此刻微风拂过，拂过热闹的人群。

拂过树梢，露出了细碎的阳光与天空。这是这座城市，少有的蓝天。

/ 幻境逃脱 /

0

尹天行一点点地从一个长方形医疗仪器中爬出，像离开一座棺木。后来他也想过，这次醒来在某种意义上等同于一次死去。

头顶的白炽灯明明灭灭，他环顾四周空间，有种不真切的存在感。许久之后，失焦的视线才开始逐渐恢复。眼前的无菌室封闭狭小，记忆对此留有模糊的印象。他按下了仪器外延操作台面上的标注 HELP 的红色按钮，但是除去冰冷触感与机械性的键位回弹，什么都没有发生。

为什么会躺在这里？又为什么醒来？尹天行双手扶在操作台上支撑着僵硬的身体，不断努力地尝试回忆，那些朦朦胧胧的记忆碎片这才慢慢开始浮现。

1

“照顾好自己，叔叔阿姨这边你别担心，我替你招呼着。”李嫣说着，火车缓缓行驶，她又跟了几步，最后站停挥手笑着。

“等我回来。”尹天行扯了扯嘴角，没发出声，半个身子都贴在火车窗户上。随着呜呜的汽笛声，他看到李嫣的身子越来越小变成模糊不清的小点儿，最后伴随着站台上种种嘈杂一同消失不见，眼泪啪嗒啪嗒就滴了下来。

“咋啦？舍不得媳妇儿？”坐在旁边的新兵问。

“不是我媳妇儿。”尹天行抹了把脸，坐下来后又补了一句，“我发小。”

那人应了一声，从怀里掏出一张照片给尹天行看：“这是俺媳妇。”尹天行看了眼那人递来的照片，没走脑子，想说点什么却又没话，抿了抿嘴最后什么也没说，只是出于礼貌点了点头。那人见他兴致不大，也不再言语，拿着手里的照片自顾自地出神。

车厢里都是今年入伍的新兵，列车上挂着“一人参军，全家光荣”的横幅。

尹天行脑子里没有光不光荣，只有李嫣。他喜欢李嫣，从小就喜欢。虽然没表示过，但他觉得李嫣应该也知道。

只是他不知道，李嫣喜不喜欢自己。

应该是不喜欢吧，从小到大无论自己怎么献殷勤，耍浪漫，李嫣始终那股劲儿劲儿的模样。也可能喜欢的吧，大院里的朋友们不是只有他当了兵，前前后后走了好几个，她只来送了自己。少年心事总是反复无果，他这么来回琢磨，脑子里就凭空多出了许多个不同模样的李嫣。

刺啦刺啦的电流声打断了尹天行的思绪。他环顾车厢才忽然间惊觉，整个车厢的人不知在何时消失不见了。

尹天行起身左右打量，车厢里空荡荡的，一切整洁冰冷，像从未有人来过一般。他脚步迟疑，沿着过道缓缓行进，过道尽头是一扇带着玻璃窗口的铁门，他站在铁门前试图透过玻璃窗看看，眼前却是雾蒙蒙的一片。

他缓缓扭动了铁门上的把手。

2

无菌室的封闭门缓缓被打开，浓稠的雾气迅速涌进房间，不过一愣神的工夫，尹天行眼前只剩下白茫茫的一片。他凭借之前的视觉残留，循着大门位置走了出去，伴随着身体机能的恢复，脚步也逐渐开始有力。

“咯咯……有人吗？”尹天行清了清嗓子，尝试呼喊，声带的震动感让他既陌生又熟悉。

回应他的只有自己尾音的回声，以及走廊里滴答滴答坠下的滴水声。

尹天行扶着左手边的墙壁，在医院走廊上摸索行进，手上的触感黏腻冰冷，浓重雾气下他眼前的可见度只有半米左右。一开始经过的几个房间他还会打开门试着探查一番，走到后面也逐渐放弃，只是寻找楼梯的位置。

虽难以置信，可眼下的情况也不得不让他承认，这一整栋建筑应该已经没有人了。

尹天行也不清楚应该以怎样的情绪来面对这种状况,他既不恐惧，也不慌张，只是想着先出去看看。他觉得自己可能是因为睡得太久，许多情绪都变得滞后。

走廊尽头处，安全通道的指示牌散发着绿荧荧的光，尹天行按指示牌往里走来到了楼梯间。因为没有光源的原因，这儿的可见度比之走廊更低，尹天行完全是一级一级台阶地探步向下，动作更为费力，下了估摸着一层的高度便已经是大汗淋漓。再往下的台阶生长着稀疏的藤蔓，往后逐渐茂密，后来完全是踩着湿滑的植被向下滑步。

也不知道走了多久，尹天行发觉最初的滴水声愈发大了，又走过一个楼梯的转角处，眼前空间陡然亮堂起来。导示牌上显示这是医院一层的位置，台阶再往下是不知深浅的积水，周围的墙壁破旧斑驳，上面盘绕着粗壮的藤蔓，层层叠叠枝叶茂密，远处看去依旧是雾蒙蒙的一片，雾气已经不如之前在高层时那般浓密。

尹天行蹲在台阶上琢磨了一会儿，骂了声脏话，又继续探步向下走去，好在不过四五级就已经落到地面，水位停在了他腰腹的位置，他蹚着冰冷刺骨的积水向着一楼大厅的大门处走去。

嗞嗞……尹天行听到了几声异响。他循着声音的方向靠过去，在医院的正门。正门由一组合金边框的玻璃门构成，玻璃表面风化严重，透过它看到的街道不过是一团大光晕而已。他擦拭玻璃面，尝试让外头的景象变得真切，可始终没什么效果。他摸索到大门锁扣的位置，手放在上面忽然有了犹豫。

尹天行第一次认真思考起眼下的问题，自己从医院醒来并非是人为操作所唤醒的，现在看来这座医院应该也是废弃的，没有任何人的踪迹。从墙体的破旧程度以及丛生的杂草与藤蔓来判断，废弃时间起码有几十年，这里位于海淀区的复兴路，按照曾经的记忆来判断，大白天的外头的街道也决计不应该是这样安静的状态，这儿究竟发生了什么呢?

正思索间，一团黑影出现在玻璃门前左右徘徊，嗞嗞的声音再次响起。尹天行浑身汗毛一紧，仔细盯着玻璃门外那团黑影打量，许久才分辨出那团黑影的人形。

他简直要流出眼泪，心头一热赶忙喊道："等等，请您等一下。"一边喊，一边扳动门锁，将玻璃门打开。

嗖，玻璃门才刚打开一条缝隙，那黑影便飞似的闪身过来，一条碗口般粗壮的蛇首从缝隙射进，张着血盆大口朝尹天行脖颈咬去。

尹天行本能地侧开上身，那蛇首的獠牙擦破他的脖颈，但没能咬实。他下身扎紧马步，双手猛力推掩玻璃门，用门缝将其卡住，这才看清了对方的全貌。门外是只蛇首人身的异物，直立行走，浑身覆盖着墨绿色的鳞片。

尹天行伤口处不断涌出鲜血，顺着脖颈肩胛向下流淌，异物受到腥甜血液的刺激更加激动，双爪不断拍击门框，蛇首绷得笔直，张着巨口在他眼前嘶吼，口中芯子抖动离他鼻尖不过毫厘间，他上身极力后仰才将其错开，只觉腥臭扑面，头晕目眩。

异物见够不着尹天行的脖颈，低头探去，瞧见他按在门框处的右臂，一口咬去。

尹天行痛得叫了一声，直起身体抵住大门左侧，腾出左手，食中指交错用小擒拿手死死地抠入蛇首双目，然后使劲向上拉扯。异物双眼溅出墨绿色的浓稠血液，哀号一声，张口松开了他的右臂。尹天行左手顺势扯起异物头颅，见到它脖颈处没有鳞片覆盖，大骂一声，狠狠咬了上去。

时间行走得很慢，又像是过去了许久。尹天行只觉得大脑一片空白，耳边只有自己的喘息声，异物的嘶吼声，血液的滴答声，最后其他的声音都逐渐消失，只剩下了自己粗重的喘息声。眼前的一切天旋地转，他到了一条黑色的长廊，长廊尽头有光，一个女人模糊的身影在长廊尽头处远去，尹天行向着女人追去，却始终隔着一段距离追不上去。

“李嫣，李嫣……”尹天行喃喃自语道。

3

尹天行当了八年的特种兵，服役期结束时，部队长官给他开出了优渥的留队条件，他也不是没做考虑，但脑海中那萦萦绕绕的身影总归是挥之不去。谁都没商量，尹天行拿了笔安置费当天就坐上了从青海回北京的火车。

他父母离异，老早便相互断了联系，除了几个朋友也没什么人好通知。还是李嫣带头张罗的聚会，说是多年不见，要搞个隆重点的接风仪式。

八年未见，一桌老友自是一阵寒暄。都说他高大了，也黑了不少，整个人的精气神都不一样了。

大家聊房价，聊时政，聊八卦，许多事尹天行都听不大明白。似乎从小就这模样，朋友们聚会，他总是在角落里附和的那个，好像什么事儿他都不关心，当然除了李嫣。

从进屋的那一刻起，他的视线就再没从李嫣身上挪开过，就这么肆无忌惮地望着她。岁月在她身上并没留下太多痕迹，她还是那副灵动活泼的少女模样，若要说变化，只是身上多了几分温婉大方的气质。

一开始李嫣还活络着饭桌上的气氛，和桌上的人东聊一句西搭一语。可让尹天行那炙热的目光烤得久了，终于是撑不下去，脸一红，低头捧起杯子喝水。

老友们这才后知后觉，看到尹天行傻愣愣的模样，哄堂大笑。挨在他身边的胖子笑得最大声，一边拍桌子一边说道：“合着你们俩现在还没处上啊？老尹你是不是傻啊？就不能主动点，人可等了你八年了。”

这话让尹天行慌了神，李嫣这时恰好抬头望了过来，饭店里鹅黄色灯光将整个空间映照晕染，老友们哄笑的神情被定格延缓，饭桌上忽然间似乎就只剩下了两人，两人视线交错，温热与暧昧在空气里升腾。

“我……我们……”尹天行胸口发烫，喉头呜咽，有话想说，到了嘴边却又变得千回百转。

“我们在一起吧。”李嫣眼神发亮，乱发粘在红透的脸颊上，唇齿轻启，望着尹天行一字一句地说道。

是神祇吧！尹天只觉得眼角温热，视线模糊，李嫣的整个身子被光芒包裹，这一帧画面被他的心妥帖收藏，放在了最柔软的角落。

4

尹天行醒来的时候，眼前那只蛇怪已然倒在积水中一动不动，大概是无意间吞食了它不少血液，此刻只觉得腹部灼烧满口苦涩。他找了纱布和碘伏简单处理了一下伤口，拿着一把砍刀，背着水和一些医用品离开了这里。

城市里大雾弥漫，地面龟裂，杂草丛生，建筑外立面也都腐朽风化，表皮都附着厚厚的苔藓。无数粗大的藤蔓枝条盘旋蔓延，将废弃的都市接管。尹天行沿着复兴路回到曾经的家，这里和路上的每一间屋子一样，空洞破败，没一点人居住过的痕迹。

“谁能告诉我，这儿到底发生了什么！”再一次回到街道上，尹天行的心里只剩下了茫然与无助。他环顾着这片钢筋丛林大声呐喊，声音回荡，只带来了绝望。

尹天行像是行尸走肉一般，一路南行。上了西四环路，地势逐渐走高，脚下的积水也越来越浅，天色从白茫茫变成了灰蒙蒙，最后成了漆黑一片。他早已分不清方向，只是沿着公路行走，一天没有进食本该是虚弱乏力，身体里的能量却莫名其妙地在逐步恢复。

等到天再一次亮起的时候，尹天行才发觉脚下的地貌已然成为了沼泽与公路混杂的形态。他回头张望，早已经瞧不见来时西四环路的踪迹，巨大的孤寂感如潮水般一波又一波地向他席卷。

此刻是这般，彼时也是这般，为什么自己总归是要走上这样的路？尹天行心下喟然，只觉得自己一生漂泊，曾经温存恍若是黄粱一梦了。正出神间，他的脚步踢散了一团烧尽的篝火。

尹天行紧忙蹲下身去，摸了摸木炭的表面，发现尚余有温度。“有人在这里待过。”他在心下惊叹，环视四周果然寻到了人的脚步。

这时令人悚然的嗞嗞声从上方传来，一只蛇怪从尹天行头顶的一株巨大杉木上跳了下来，他退步让过蛇怪的利爪，趁它下坠时，拎起手中砍刀扑了上去。

尹天行一路砍杀一路前行，双眼血红，整个人近乎癫狂。除了开始遇到的那种蛇首人身的异物，还有八只脚巨蚁，两个头的怪鸟，他也顾不上观察这许多的不同，一路循着脚印的踪迹追去。此时唯一能支撑他一路走下去的，只有脑海里的那抹朦胧身影，正浑浑噩噩间，一声呼唤，荡开了绝望的气息。

“天行。”那声音温柔熟悉，像电流击中身体，尹天行浑身颤抖，缓缓地抬起头循着声音望去，果然是她。

“李嫣……”尹天行知道，他心里就是有这样的预感，无论世界如何变幻，李嫣一定都会在，无论是什么样的世界，她总会等待着自己找到她，像曾经的那八年一样，坚定地等待着。

尹天行眼眶湿热，隔着雾气，李嫣的模样也变得如梦如幻。他一步步地走向她，伸出手，他看见她也同时伸出了手，可就在手指刚刚要接触在一起的一瞬，一只直立奔走的狼人从草丛里扑了出来。

一切发生在电光石火之间，来不及反应。尹天行已然本能地向前扑去，可等到身体落地的时候，身前什么也没有留住。

尹天行跪倒在原地，一会儿抽打着自己耳光，一会儿又用双拳不断地捶打大地。失而复得的巨大落差让他的精神近乎涣散，许久之后，剧烈的疼痛才一点点唤醒了他理性的意志。

尹天行调动不多的精力，回想着刚才发生的一切，确定了狼人掳走李嫣的方向，再一次起身，怀着决绝的心情跑了过去。他看见眼前的丛林、灌木在抖动，也听到无数怪物此起彼伏地嚎叫，可他没有后退的理由。

周围废弃的高楼越来越稀疏，直至后来完全变成了丛林灌木，公路的痕迹也逐渐消失被沼泽地完全取代。尹天行的速度越来越慢，身上留着大大小小数不清的伤口，不断涌出的血液味道吸引着新的怪物，他的意识逐渐模糊，机械性地挥动着手里早已卷了刃的砍刀，脚步在沼泽地里越陷越深。

尹天行最后竭力一跃将一只扑面而来的巨大怪鸟劈砍落地，整个人瘫软在树下喘着粗气，再无起身的力气。这时山间响起了一阵阵的狼嚎声，一群没有毛发皮肤光滑的狼群从四周围了上来，它们獠牙锋利，眼底泛着幽蓝色的光芒。尹天行抬头望着天空，雾气朦胧一片竟隐约浮起了李嫣的模样，他笑了起来，咬着牙想要奋力一搏，可身体已然不受控制连举起胳膊的力气都没有了。

“畜生们，还不快退散！”正在这时，一声长啸从远方传来，“散”字还未落下，一人便由远及近，快若子弹般射入狼群围合圈中。

尹天行在昏倒前，最后看了一眼身前那人的背影，好像是穿着一身医生制服，心里有千百万个问题却什么都没来得及说，浑身脱力一头栽倒在地。

5

“等我回来。”躺在病床上的尹天行话刚一出口心中便升起了巨大的愧疚，“对不起……”他这才发觉，似乎这一生自己从未给过李嫣如何像样的承诺，总是让她等，等过了她的青春年华，如今又不知道要等过岁月几何。

“别和我说对不起。”李嫣歪着脑袋，笑盈盈地望着尹天行，眼眸亮晶晶的，宛若天上星辰，“我和孩子都等着你，一家人总是要团聚的。”她低头抚摸着隆起的肚子轻声说道。

尹天行伸出手，紧紧将李嫣放在肚子上的手握住。

主治医生前来催促，随行护士推动尹天行的病床向手术室走去。李嫣一路跟着，眼眉低垂，看不清神情。

偌大的北京城已然有无数人受到了放射性病毒 X- Meteorite 的感染，感染源来自一个从天而降的陨石。当时陨石坠落未造成人员伤亡，被相关部门围合勘测管理，却没想到陨石所蕴含的放射物质会对人类大脑神经造成感染，病发时分三个阶段，首先病人会失去身体的控制能力，然后会进入自我创造的幻境空间，幻境内容根据每个人的性格经历都会有所不同，最终深受幻觉反复折磨精神崩溃走向脑死亡。

一开始受到感染的便是当时陨石勘测小组的工作人员，随后该病毒通过某种未知的传播方式迅速蔓延开来，造成巨大的社会动荡与人群恐慌。

这种奇怪的病状对当代医学而言实在是过于棘手了，国际上也为此成立了专项小组与国内顶尖医疗团队共同研究探讨该病症的治疗方案，终于，通过多个失败救治的病例，一种特别的治疗方案正式出台。

通过医生的引导与病患本身的求生欲去攻克深层幻境中的难关与障碍，从而打破精神层面的禁锢得到苏醒。

尹天行也不知道这是为什么，为什么命运会这样对待自己，莫名其妙地感染上了这样的绝症。和李嫣交往，求婚，到后来李嫣有了自己的孩子。岁月安好不过弹指一挥间，本以为终于修成正果，本以为浮萍终于有了归宿，可一切还是被无情的命运给击碎了。

进入手术室，期待最新出台的治疗方案能够真的攻克病毒得到唤醒，可如果始终没能攻克呢?

他难以想象未来无数岁月，李嫣该如何去抚养孩子长大成人，她又是否能照顾好自己。他也无数次地和她说过，如果真的没过去这关，她一定不要难为自己，一定要给自己接受他人的机会。

李嫣从来都不反驳，总是温柔地告诉他别多想，一切都会好，有这样的机会，已经是来之不易。

是，尹天行也知道。在这样的状况下，医疗资源何其紧张，若不是曾经的战友拥有这方面的资源，自己也不会有这样的机会。

手术室门关闭前的那一刻，尹天行就躺在那里面，呆呆地望着门外的李嫣，她始终垂着头，看不清模样。他想说些什么，千言万语到了嘴边不成词句，最终成了一声叹息。他总是这样，该说的话说得太晚，该做的事也总是做得太晚。无怪命运这般对待，他只觉得无比难过。

大门缓缓关闭，尹天行的眼前浮现出了许多个李嫣的面目：她任性生气的模样，她活泼开怀的模样，她温柔轻语的模样，她伤心流泪的模样……她的笑，她的哭，她的傻，她的痴，她的种种……种种模样，最后都变得模糊不清。

尹天行有点记不清李嫣的模样了，他想抓住什么，却还是没来得及便沉沉地睡去了。

6

木炭在火焰里发出阵阵声响，火苗随之扩散又收缩，两人的影子忽大忽小。周围是颜色奇异的植物，此起彼伏的兽鸣以及寻不到边际的泽地，一切光怪陆离。

“谢谢你救了我。”尹天行向面前那人道谢，想试着起身，却扯动身上的无数伤口疼得吸了口气。

“太客气了，来吃点东西吧。”那人转身看尹天行醒来，面带笑意，从篝火的木架上取了条动物后腿递给了尹天行。

尹天行再次道了声谢，接过烤肉大口咬了起来。咀嚼几口，才发觉味道腥苦，又不好意思当面吐出来，只得生生咽了下去。

“不好吃？”那人笑着摇了摇头接着说道，“也成，反正也该离开了。”

“该离开了？”这话没头没尾，尹天行听得是一头雾水，琢磨了半天忽然才意识道，“对了，你这身打扮，你是医生？你也是从医院出来的吗？”

那人回答：“是啊，你好尹天行，我是你的主治医生，这就带你回去。”

尹天行更加疑惑了，“回去？回哪里去？”

医生：“这里不是现实世界，还没发现吗？这一切都是你所构造的幻境。”

稀奇古怪的异兽，破碎诡异的城市……原来是这样。原来一切都是假的。尹天行回想起从医院醒来所经历的一切，长呼了一口气，忽然一抹熟悉的身影从回忆里闪过。

“别信他，天行，到我这边来。”李嫣从篝火映照不到的阴影里缓缓走来，整个身影逐渐在视线里清晰，只见她神态疲惫，衣衫破烂，染满血迹，“X- Meteorite 的治疗计划失败了，病毒发生了病变，每个人都深陷自我幻境变异成了异兽，我当时给你选择了冷冻仓的保守治疗，你是唯一没有病变的患者，今天是你苏醒的日子，我本来是想去接你，可你也看到了，这一路实在是不太平。”

尹天行慌忙起身，隐约回想起了之前的一些事情：病毒，好像确实爆发了某种病毒，他一边想着，一边向着李嫣走去。

医生：“尹天行，清醒点儿，那不是真正的李嫣，它和那些异兽没有区别，也是你幻境里的异物，你这样过去会有危险的。来我这边，我带你回到现实世界。”

尹天行止步，又回头看向医生。

李嫣：“天行，疼痛不是真实的吗？痛苦不是真实的吗？思念不是真实的吗？爱不是真实的吗？千万别相信他，这一切，你一定感觉得到！”

医生：“也罢，尹天行，这兴许就是你的最后一关了，提起你手边的刀，能不能回去，一切全看你的选择了。”

尹天行看了看李嫣，又看了看另一侧的医生，汗水混着血水滴落在面前的土地上。他缓缓地从地上捡起了那把长刀，刀刃锋利，泛着寒光，也映出了他的脸。

憧憬，痛苦，欢喜，绝望……许许多多个时刻的尹天行，相互重合，他终于回归平静，他认为这也许是自己一生中最为平静的时刻了。

“对不起。”

老张的葬礼

1

李元从事主持行当，十年有余，口碑尚可，在圈里算得上是名人。可如今他是打心眼里不喜欢这行当，不是不喜欢主持人这个职业，是不喜欢当下这个行业的状态。

每天做的都是些什么节目啊，受娱乐公司资本操控的选秀，明星们扎堆表现低廉幽默感的综艺，过期鸡汤和悲惨身世打包宣讲的故事会，制作方与观众们彼此消磨生命却又相互乐此不疲。谁得到了什么？谁又在失去些什么？

他觉得，自己此刻有多不喜欢这行业，就是有多喜欢这个职业。所以当张瑞找到李元，邀请他为其父亲张泽霖主持葬礼时，他并未多做考虑就答应了下来。

李元是这么琢磨的，一个人一生的终结，一个人所有社会关系的一次聚合，这事儿可比平常那些工作来得有意义得多。对于一个有追求有操守的老主持人而言，这种事情无从拒绝。当然，张瑞所给出的丰足报酬也是其中的重要原因。

张瑞："李老师，我爸生前是一挺诙谐的人，所以他的这个葬礼吧，也别弄得太沉重，他老人家在天上要是看得见，肯定也不希望。"

张明玉："嗬？说得还真像那么回事儿，怎么，提前跟你托过梦了？"

张家是当地的首富。张泽霖有三个孩子，大儿子张瑞，二女儿张明玉，小儿子张启明。老三今天没来，到场的只有张瑞与张明玉，两人明显不对付，彼此厌恶情绪都写在脸上，这打进门起，李元就瞧出来了。

张瑞："小玉，咱爸喜欢什么，讨厌什么，我是他儿子能不知道吗？你这么说话真就没意思了。"

张明玉："对，就你知道，就你和他亲，不然人老头也不会只把集团股份给你啊。"

张瑞神色一僵，紧接着将手中的提包摔在地上，勃然大怒："张明玉，你闹情绪也要有个度，遗嘱是爸立的，这人才刚走，你就当着外人的面说这种话，不觉得丢人吗！"

张明玉："哟，急了还，我说什么了？这些事儿从头到尾我可没说过一个不字，你心里也明白。倒是你现在气急败坏的样子，要做给谁看呢？"

李元：“哎，两位，都是话赶话，再说就过了。都缓口气，平静一下，咱今天又不是来吵架的，对不对？”

张瑞本来站起身还准备要说些什么，听了李元这话，想了想，又坐下什么也没说。

张明玉看着张瑞冷笑着摇了摇头，转身向外走去，砰的一声关上了门。

2

之前张瑞说张泽霖生前诙谐，这话确实没错，不然也不会留下来这么一张遗嘱，跟闹着玩似的——标题：遗嘱。内容：略。

张瑞拿到这份遗嘱时是没有分毫怀疑的，这事儿也只有自己父亲能做得出来。游戏人间了一辈子，到头来还有这么个心思也是难得，这世界就是雷同的人太多才这般无趣。想着想着，张瑞心中倒生出了几分唏嘘。

对张瑞而言这不算什么难题，反正遗嘱无论怎么写，他都是要改的。倒不是说他有多贪婪，无论遗嘱怎么立他都要霸占张家全部的财产，不是这个。

对于遗嘱内容，他在意的只有集团的股份。张瑞早有过考量，二妹长年远离家族，三弟整日沉迷享乐，集团若真就任由他们来继承，怕是撑不过一个季度就要宣告破产，集团控股权无论交予谁都不如他继承来得合适。父亲名下其余的房产存款他可以分文不要，全部分给老二老三都可以。这一切也是为了张家长远发展做出的考虑，对家人，自己算得上是仁至义尽。

为了修改遗嘱的内容，张瑞最先找到了管家，他是父亲立嘱时的在场证人。张瑞给了管家一笔可观财产，与其和合谋篡改了张泽霖的遗嘱内容。然后又动用人脉网打通了司法部门，让管家作为证人，公证了遗嘱的真实性。仅仅三天，张瑞就瞒天过海完成了父亲遗嘱内容的更改，等到老二老三回到家中时，管家与律师所公布的遗嘱早已经是这份全新的了。

老二张明玉的反应张瑞早就预料到了，还是那副局外人的模样。她抓着张瑞的话头，像往常那样刻薄地讽刺着他。老三张启明则一改常态，坐在沙发上沉默不语，一直垂着头，神色藏在阴影里，也看不出是在想些什么。

3

人们陆陆续续进入礼堂，李元看时候差不多了，手持话筒，准备热场。

葬礼礼堂现场的布置，不同于以往葬礼的那种清冷肃穆，是以淡雅的鲜花搭配鲜嫩绿植，铺陈于洁白的席位周边，仔细端详会发现还有几抹暖色藏于其中，整体风格干净有温度。葬礼的餐食饮品选的是西冷与红酒，现场人群走动，觥筹交错，像极了商业酒会。确实不沉重了，从某种意义上来看也确实够诙谐，这一切也都是张瑞的意思。

到场有不少宾客都是张氏集团的股东，以及集团过往商业合作的伙伴，张瑞继承张氏集团已然是大家心照不宣的事情，李元看得出来，张瑞把这次葬礼当成了一场十分重要的应酬。

他不想操心别人家的家事。作为一个专业的主持人，做好本职工作才是最重要的。他走到大堂签名处，开始举着话筒说着些无聊的冷笑话，这些笑话其实是他前几天结合着张泽霖生前的小故事编排的。他自以为有趣，可现场反应与他的预期相距甚远，到场的人有些配合牵动着嘴角干笑两声，有些干脆当作没听到，和周围人继续谈论着自己的事情。

张瑞与张家管家站在签名处接待宾客入场。张家是当地大户，张泽霖葬礼所来宾客也都是些有头有脸的人物，身居要职的王局长，声名远播的清源寺方丈，电视上热播剧的明星，就连张泽霖生前最大的商业竞争对手孙虎也来了。人们神色各异地入场，却说着同样的“节哀”走向席位。

李元的冷笑话开始结合新入场的嘉宾编排，可依然是无人回应。

老二张明玉和老三张启明姗姗来迟，两人结伴入场，却分别去了不同的席位。张启明径直走向了孙虎，张明玉则将手伸在半空，独自伫立在那里。签名处的管家一阵小跑凑了上去，半握着她的手掌将其引向主桌张瑞所在的席位。

李元看着热络的葬礼现场，不禁感慨，人这一世沉浮究竟留下了些什么?

4

毕竟是老主持人，虽然冷笑话讲得实在不怎么样，李元控场能力还是十分老练的，整个葬礼流程进行得有条不紊。

因为之前知道清源寺方丈会来到现场，张瑞念及父亲生前信佛信得虔诚，一番沟通协商后，葬礼多出了个诵读往生经文的环节。

在李元的介绍后，清源寺方丈离席起身，穿越人群步态缓慢地走到了张泽霖的遗像前，大概在两米的距离停步驻足。在众人的注视下，他手执法器，望着张泽霖黑白照片里的玩味笑容一阵出神，想起了两人第一次见面的场景。

张泽霖："大师，你这庙里的佛祖可不太灵。"

方丈："佛祖可从未应承过何人，灵或不灵无从谈起。"

张泽霖："是，佛祖又不会说话，佛祖肯定没说过，但是你们这里氛围就是这样的氛围，给人一种捐了钱就能许愿的消费诱导。"

方丈："阿弥陀佛，施主言重了，别人为什么会来这里？你又为什么会来这里？因为不安，因为焦虑，因为心不定，这些都是嗔念。只因这世界上太多事儿都是脱离人所掌控的，这种不确定让人心生嗔念，佛祖并不能给你掌控世事的能力，但起码能让你心定而嗔消，来往香客，所想不过四字，但求心安。"

张泽霖："老和尚有见地！我看这样吧，你们这庙也有年头了，我出钱，咱翻个新，下次再来看看效果。"

方丈："阿弥陀佛，我看施主与我佛有缘，还会再来。"

方丈知道自己的话张泽霖是一句都没听进去。他和大多数信徒一样，所谓信仰不过是一种对赌行为，请的愿实现了，就再多信几分，没实现就再请别的愿等待实现为止。

张泽霖那天回去以后还真遂了愿，第二次来时喜不自胜，给庙里的佛像修了金身，再往后来的每一次也都会捐赠了丰厚的香火。

张泽霖有钱，这一点就足以让方丈去多花些心思了。方丈对佛祖是虔诚的，对自己也是明白的。自己哪有口中那般佛法造诣，俗世欲望缠身，他也没能堪破，这些年自己的名声以及清源寺的繁荣，都离不开张泽霖这个大富豪的帮衬。

方丈摇了摇头，回过神来。站在遗像前他才忽然意识到，如今张泽霖走了，张瑞又是个不问苍天不信鬼神的主儿，清源寺与自己彻底失去这个财主了。寺庙香火怕也要重归过往清贫，不禁满心悲戚，口宣佛号，涕泪横流，恸哭起来。

满座宾客见方丈情真意切，也都深受触动，感叹方丈慈悲为怀，不愧高僧。方丈在左右宾客的安慰下重归平静，再一次抬头看上张泽霖遗像的笑容，忽然从心底生出某种错觉，喃喃自语道："不对劲哪，我怎么觉得这人，像是还没走。"

他一边念叨着，一边向后退，脚下一滑，摔倒在地。

5

李元看到方丈被众人搀扶着回到座位，正琢磨着该说些什么话把场子圆回来，那边张启明站了起来。只见他神色愤慨，起得用力，桌上的餐具都被他带得一晃。

张启明：“本来好好的葬礼，叫你给折腾得不伦不类，张瑞你到底安的是什么心！”

张瑞放下筷子，用一旁的方巾抹了抹嘴，反问道：“我这里可安不下那么多心思。今天一切，全凭一颗孝心，倒是你，急头白脸的模样，也别拐弯抹角了，有话直说吧。”

张启明：“说得可真好听！好，我也不和你扯那些没用的，今天当着大家伙的面我就问你一句话，爸的遗嘱你是不是动过手脚？”

张瑞也不生气，视线扫过在场众人轻描淡写地说：“既然不信我，那王律师和管家今天也都在，你大可以问问他们。”说罢叹了口气，看向身边股东接着说道，“张家的脸面真是让你丢尽了！爸在的时候你整日花天酒地，惹了多少麻烦？哪次不是我在后面给你擦的屁股，现在爸走了，你拿了那么多的房产存款还不够，还要跑出来争集团的股份！哎，我怎么有你这么个弟弟，真是家门不幸哪。”

张启明怒极反笑：“好好好，你做事向来滴水不漏，他们口中又能问出来什么，还不是你交代的那一套，不过你也别高兴得太早……”

张启明话还没说完，被一旁的孙虎拉着坐了下去。孙虎笑盈盈地走向张瑞以及集团大股东们的席位，对众人说：“我今天来这里是带着诚意的，各位不妨听听。如今时代变了，单枪匹马再难成大事，咱们两家集团争斗这么多年，其间损耗在座各位心中再清楚不过。现在老张走了，张大少执权，我们不如就放下往日恩怨，来一个合作共赢。我愿意以市场价的两倍回购张大少手中两成的股份，并且免费出让旗下集团三个热门销售区域，这样一来股权均摊，张总手中股份变为四成，可依旧是集团最大股东，只是让渡出了决策权。张氏集团的股权结构也变得更加科学，有利于集团未来的发展。”

张启明听到这儿一脸错愕，指着孙虎质问：“你明明答应是要帮我夺回股权的，怎么现在又和张瑞谈起了买卖？”

孙虎没搭理身后的张启明，绕着桌子踱步，继续侃侃而谈：“当然了，你们也可以不答应，我只是提出我的想法而已。你们想继续走当年的老路，张氏集团继续由张家一言堂，我肯定不会拦着。不过哪，大家都是生意人，逐利是天性，仅仅那三个热门销售区域已经能说明我的诚意了，有钱不赚，当心遭雷劈啊。”

张启明气急，见孙虎不理自己便要伸手去拽，屁股刚离开凳子就被两侧孙虎的保镖给按倒在餐桌上。他奋力挣扎，无果，只得破口大骂。还没两句，嘴巴又叫人用餐布给堵上了。

孙虎给出的条件着实诱人。张氏集团的一众股东窃窃私语，蠢蠢欲动，刚才还气定神闲的张瑞，此刻也开始慌了。张启明那个蠢货听不出其中利弊，可他张瑞却心明镜似的。孙虎这招太狠，自己手握集团六成股份有着绝对的决策权，可若是出售两成，按照张氏现有股权结构，未来集团决策将变由股东会股东投票决议，两者概念天差地别，此刻自己还未正式掌权，孙虎又开出如此丰厚条件，如若拒绝，势必会引起股东们心中不满，集团股票一旦遭到抛售，其动荡难以预计。

股东们已然有了决定，此刻都把目光都看向张瑞。孙虎则把玩着手机，也不着急，似乎心中早有把握。

6

“得了各位，别问他，没用，股份他动不了，老头遗嘱有假，张家的财产继承，还要重新裁定。”众人本都在等待张瑞答复，现场安静极了，冷不丁传来这么一句话，像一颗巨石砸下冰面，无数暗流喷涌而出，现场又一次混乱起来。众人议论纷纷，循声音看去，只见张明玉神色漠然地站在主持台上，一手拿着话筒，一手按着台面，李元站在旁边手足无措，也不知该做些什么。

张明玉：“没什么好议论的，听听我手里的录音，一切就全明白了。”她说完话，从上衣内侧口袋取出了一支录音笔，按下播放按钮，将话筒凑近，里面传出了张瑞和管家的声音，两人都刻意压低着嗓音交流，可还是显而易见地能够分辨，谈话内容正是关于如何修改张泽霖遗嘱的，录音一连放了好几遍，现场宾客这才反应过来，顿时炸开了锅。张启明拍打着桌子从孙虎保镖手中挣脱，取下口中餐布大喊：“我说什么来着！我说什么来着！”孙虎先是惊诧，然后放声大笑起来，张氏集团众股东摇头不语，像是对集团晦暗不明的前途深感灰心。饶是张瑞巧舌如簧，此刻也无力辩驳，他将整张脸埋入双掌，逃避着现场发生的一切，整个身体像脱水的植物，迅速衰颓。

张明玉冷眼望着葬礼现场众人百态，心下莫名生出一阵悲戚："张家终于完了，我的仇算是报了吗？"

张明玉年轻时爱过一个人，那人倒也没什么特别的地方，就是个普普通通的穷小子。可在她眼里就是无可取代，她就是爱他。父亲不同意，她努力抗争，于是便被禁了足，不让她再和他见面，她求了家里几乎所有的人，可没有人帮她。

她的人生本是一张崭新的白纸，被父亲大手一握，布满褶皱。

父亲手眼通天，她和他自然是一刀两断。往后的人生，她似失了魂，听从家族安排，商业联姻，嫁了个门当户对的男人。可这男人又是个贪欢的人，结婚后从没正眼瞧过她，没两年就在外染上花柳，死在了别人的床上。

张明玉恨极了父亲，更恨透了这个冷漠无情的家族，她想亲手毁掉属于张家的一切，这是对她破碎人生的偿还。她勾引管家，监察着张家上下的一举一动。本来伺机报复张泽霖，可张泽霖走得突然，之后她又生出修改遗嘱覆灭家族的念头，可临到家得到管家消息，张瑞先一步要动手。

于是张明玉将计就计，装作毫不知情让张瑞改了遗嘱，自己手握证据，就是在等待今天这个时机将一切抛出水面，给予整个张家最大的创伤。

此刻闹剧收场，人群散去，一切皆已落幕。张明玉拍了拍一旁主持台上李元的肩膀，然后走下台阶，脚步旋转，视线也随之环视着空旷的礼堂，只觉头晕目眩，她口中发出痴痴然的笑，像醉酒的人，踉踉跄跄走出礼堂大门。

7

礼堂一地狼藉，李元站在主持台上，一丝不苟地整理着话筒设备，将其妥帖放置到了随行皮箱里。他一生主持过太多节目，所谓节目，自然都是虚假作秀。在这个行业，真实永远是稀缺的资源。可如今他才发现，真实这个东西，即使是在现实生活中，一样是稀缺罕见的。

又或许，我们其实自己都已经忘记了，真实到底是什么。

张泽霖从遗像后的暗门里缓步走出，驻足在李元身侧，沉默不语，看他将手边物件一样样地摆放进皮箱。

李元手上动作一顿，也没抬头："老张，亏你还能那么安安稳稳在里面瞧着，我现在真挺好奇你是个什么感受，换作是我，指定承受不了。"

张泽霖："嗨，谁又能想到呢？说实在的，我到今天才明白，自己以前错得有多离谱。"

李元："对啊，就怪你自己，做那么多荒唐事儿。"

张泽霖："我没说我做的事儿错了，那可一点没错。我说的是认识，一个人对自我的认识，太离谱了，人真的没办法去了解自己。"

李元："嘿，确实。当初你来找我说这件事儿，我就觉得没那么简单，你看看今天这场面，差点失控。"

张泽霖："我感觉得到，自己日子确实是不多了，就想试试，想亲眼见证自己没了，那些亲友会怎么送我。不都说葬礼才是最真实的地方嘛，今天一瞧，呸，也不行。”

李元：“这事儿闹的，孩子怎么办？公司呢？”

张泽霖：“儿孙自有儿孙福，我以前就是管他们管太多了，你看看今天是个什么下场。你呀，最好也吸取教训。哎，现在脑子里就一句话，是二十年前清源寺那和尚跟我说的。”

李元：“啥话？”

张泽霖:“一切有为法，如梦幻泡影，如露亦如电，应作如是观。”

李元：“屁话。”

“哈哈哈哈哈哈……“张泽霖大笑着和李元一起走出礼堂，门外不知道什么时候停了一辆白色敞篷的兰博基尼 Veneno Roadster，驾驶席上坐着个身材火辣的少女。

张泽霖上了副驾驶，搂着身旁的女孩，向李元挥手作别：“人生在世，及时行乐。别喽，老伙计。”

李元朝着张泽霖啐了一口，眼看跑车远去，拖拽着皮箱向相反的方向走去，过了个十字路口，忽然想不起来自己要往哪里了。

/ 德州之王 /

0

“概率更像是命运的科学化表达，是一种易于让人类接受的阐释方式。”

写完这话，陈年将钢笔盖上盖儿，摘下鼻梁上的眼镜，一起规整地别在了衬衣口袋上。笔记本封面包着暗黄色的牛皮纸，布满岁月痕迹，他右手覆在上面，看着车窗外的霓虹默然不语。

出租车司机瞄了眼上方的后视镜看着陈年说道：“来旅游啊先生？”

司机的港普让陈年没反应过来：“什么？”

司机：“我说，先生是来旅游吗？”

陈年摇头，思考片刻回答：“比赛，是来参加比赛的。”

司机：“哇，什么比赛啊？”

陈年：“德州扑克。”

司机：“扑克？不都是在赌场玩的吗，还有比赛啊？”

陈年笑了笑，抬头对上司机后视镜中的目光：“可没那么简单。”

司机：“其实说到底，不是输就是赢嘛。”

陈年：“你要非这么说，也没错。”

司机声音沉了下去：“那也不算太难吧，有输有赢的事就都不算太难，难的是那些输赢都让你分不清楚的事。”

这话让陈年慌了神，他把头扭向一旁，再次望着窗外飞速后退的街道、高楼、人群、车流以及被夕阳渲染玫瑰色的云层，在速度下扭曲变形，像在穿越一条去向不明的隧道，一切都失了真。

1

由中国澳门所主办的世界扑克大赛——无限注德州扑克项目已经进行到第三天，最终决赛阶段。

陈年与丹尼坐在决赛桌两端。桌面上的牌已然发过几轮，两人也过了最先开始的试探期，桌面上的筹码逐步在攀升。

陈年再一次打量起周围的环境，面前是对手炙热的目光。视线转动，是观赛区里，不甘被淘汰的选手，群情澎湃的观众，是主持台上，测算数据的裁判组，谈笑风生的主持人，人群总是这样热闹，他总是离这份热闹太远，眼前光影变幻，闪光灯，聚光灯……

他半生都在追寻这样的一次机会，就像一头被生活压弯腰的驴子，终于逃脱石磨，回到草原。可如今置身草原，又怎么样呢？驴不清楚，他也不清楚。

“Bet，您的大盲注，先生。”发牌员的提醒将陈年拉回现实，他双手揉搓脸颊，拾起筹码投入台面。

一切都差不多了，陈年在心里盘算，牌桌上的这些个玩意儿，规则五花八门，说到底最后还是人与人的对抗，打那一盘河牌反杀起，对面这人的心理状态就已经有点崩溃，心乱了，章法也就乱了，按师父的话来说，这人已然失了气运。

对手牌越打越紧，每一轮都在加注进攻，掩饰不住地躁动起来。

陈年则显得异常平静，是那种吃饭后遛个弯的平静，有种疲倦藏在里面。他在等待着合适底牌，对手筹码仿佛已然是他囊中之物。

发牌员：“Raise，加注。”

丹尼如陈年所想，再一次加注，陈年朝他耸了耸肩，露出无可奈何的表情，食中两指敲打台面，“弃牌”，然后便将手中底牌扔入台面。

绝不玩没有胜算的垃圾牌，这是陈年一直以来的准则，也是他与赌徒间的最大区别。

此时两人手中筹码分别是300BB与200BB，陈年依然领先。

发牌员重新发出新一组底牌。

陈年双手抚过台面，划了两道弧线，最终拢在牌面上，右手拇指轻轻掀起牌面一角，是梅花 AT。

“来了。”

陈年将底牌盖住，坐起身，面无表情地盯着台面上的公共牌区。

双方押完底注，丹尼一如既往地加注进攻。

轮到陈年，他同样选择加注，将底池筹码继续抬高。

“Flop，翻牌。”发牌员进行公共牌区的第一次翻牌，三张牌分别是红桃 7，梅花 Q，梅花 K。

陈年手中底牌与公共牌区的三张没能形成有利牌型，他用指关节叩击桌面，选择让牌。

丹尼推出三分之二筹码到台面，继续加注。现场欢呼声起。

陈年盘算着，以现在的状况来看对手极可能底牌有 QK 的高对，甚至就是 QK 两对。以前面观察的对手习惯来看，小对推不出这种筹码，单从牌形来看，自己绝对是无限落后。

还跟不跟呢，陈年右手扶额陷入思考。

德州扑克就是这样，即使你一手好牌开局，公共牌区几次翻牌，便随时能将你开局所有优势抹去，生活又何尝不是呢，都是变数。

2

陈年第一次真正接触扑克是在十四岁。

那年从村外来了个老头，六十多岁，衣衫褴褛。因为村子偏远，少有外人，老头一进村就被村里的人给围住，七嘴八舌地问起了来历过往。他说自己没了家，所以四处流浪，其他问题都只是摇头，陈年透过人群缝隙打量着这个外来的人，只觉得他眉眼间满是疲惫，像刚走完了一辈子的路。

村支书是个热心肠，见老头一把年纪孑然一身，怪可怜的，就张罗着腾出间空屋收留了他。那时民风淳朴，大家伙也都很快接纳了这个新来的村民。

陈年喜欢跟老头玩，他看得出老头和村里的其他人不一样。老头有学问，也有见识，谈吐间尽是陈年未曾见到过的世界。像是一把钥匙，打开大门，让陈年有了走向人生另一个方向的机会。

那天老头带陈年去镇上买书，回来经过村口，被人给喊住了。是一场牌局，村里几个游手好闲的青年经常在这儿玩牌，牌桌上有人闹肚子，就请这老头帮忙替上一会儿。

没承想，这老头拿起扑克，整个人都变了模样，灰暗的眼神里溢出了陈年从未见过的光。整个下午，一局都没有输过。

陈年打那以后开始追着老头学习牌技，他那时不懂，只是少年心性，觉得老头打牌的模样神气。老头当他贪玩，也会教他些浅显牌理，可日子久了，逐渐发现陈年在这领域有着极高的天赋。许多技巧，老头只是稍做点拨，他便能举一反三。教着教着，老头自己也真上了心。

陈年拜师学牌这事儿，后来还是被家里人知道了，父亲那天发了很大的火，追着陈年满屋子揍，家里擀面杖打断了两根，要不是母亲后来拦着，陈年觉得自己那天很可能会被打死。

那一顿暴揍让陈年立了志，要离开村子，去外闯荡，就凭父亲瞧不上的这些歪门邪道来出人头地。

陈年把这些话告诉老头时，他思考了很久，烟头在月光下累积成堆。

老头："想清楚了？"

陈年："想清楚了。"

老头："有些路走了可不好回头。"

陈年："我年轻，该去试试。"

老头："嗬，谁没年轻过呢。"

老头叹了口气，望着窗外幽暗不明的夜色狠嘬了口手中的半截烟头："罢了，闯闯看吧小子，走正道，且别给我丢人。"

陈年离开了，一去不返的那种离开。就连父亲得肺癌最后的那段日子他都没有回去，母亲骂他白眼狼、王八蛋，他都听进去了，没多做解释，倔强拉扯着他，但凡没出人头地，他便回不去。

后来经过了很长的一段岁月，陈年才算理解月光下老头藏在叹息里，那些没说完的话。

都是对于人生遗憾的表达。

3

“Call，跟注。”陈年终于还是将筹码推到台面，选择博取下一张公共牌区的转机。

陈年的跟注让丹尼兴奋无比，在他看来，陈年沉没成本不断提升更有利于他下一步的投注策略。

“Turn，转牌。”发牌员确认两人桌上筹码数量后，在公共牌区进行了第四次翻牌。一张黑桃 Q。

发牌员抬手示意这轮陈年先说话。陈年抬头，看到对手脸上难以抑制的笑，心里一沉，用指关节敲打台面：“Check，让牌。”

如果真如之前所猜想，那公共牌区与丹尼的底牌已然构成了一组葫芦（德州扑克中第四大牌形）。

丹尼的行为更印证了这种猜想，他选择继续加注，又是三分之一的底池额度增长。

陈年再一次低头掀起底牌一角开始计算，梅花 AT 与公共牌区红桃 7、黑桃 Q 以及梅花 QK 所能够组成的大牌型有两种，同花和顺子。如果对手是三条那自己有百分之十七的概率能在河牌处翻出一张任意梅花牌，组成同花来取胜。如果对手真的是葫芦，那同花还不够，只能博取百分之九概率在河牌处翻出一张 J，组成顺子来取胜。

有没有可能对方只是在诈唬呢？陈年很快否定了这个念头，即使是平常打牌也罕有投机者会在转牌圈依旧持牌加注，何况这样的世界级大赛。

“跟注。”陈年叹息，将筹码推了上去。

现场再次响起欢呼。孤注一掷的对决，未曾揭示的结局，人们总是乐得见到类似场景，并给予其延伸至世俗价值的意义，为之沸腾，为之感动。

真难呀，打牌难，红尘世事难。人生每个孤立事件发生，都是无数选择聚合结果，这一次也是，选择嘛，要么重创自己，要么杀死敌人。

对于牌局上的选择，陈年总是充满信心，可至于生活，却是糟糕极了。陈年事后回想起人生中的无数窘迫、无奈、遗憾时刻，愈发深刻感受到命运的恶意，似乎每次天平两端的选项，只有差与更差。

4

真正的职业德州扑克牌手眼中的钱不是钱。他们克制，有计划，把钱当作长久职业生涯的筹码，追胜势，止颓势，总留有余地。

陈年刚入行时没这份克制，仗着牌技高超，年轻气盛，打牌风格凶狠凌厉，有十分注下十分注，赢得快，输得更快。再加上对行业了解不深的缘故，误入了许多名为赛场实为赌局的比赛，时常游走在法律管制的边缘地带。

那些年，陈年欠下不少债，也惹了不少人。也就是在这段灰色岁月，他遇上了王妍。是在一场牌局上，王妍发牌，陈年看牌，打了几轮下来，王妍发牌，陈年看着王妍。

王妍："看牌，到你说话了。"

陈年："不用看了，弃牌。"

王妍："万一是大牌呢。"

陈年："嗨，无所谓，放着你这样的美女不看，那才是损失。"

王妍笑，又问："不应该啊，都说你打牌挺狠的。"

陈年："狠不起来了，我觉得自己现在像朵云。"

王妍："什么意思？"

陈年："在你面前，我没有形状。"

王妍又笑，上次笑是职业性的，礼貌性的，这次不一样，笑里面有内容，陈年心想，成了。

陈年没想过会在牌桌上寻觅爱情，毕竟不会有人怀揣着真心坐上牌桌的，除非是傻子。陈年知道自己是，可他没想到，王妍也是。

当代生活，这样的傻子太稀缺了，一次出现两个，更是不容易。这是后来陈年对于两人感情的总结。王妍听了就笑，陈年看着王妍，看见露水、阳光以及春风，她太爱笑了，笑起来太好看了，是天使吧，陈年想着，整颗心都变得晕头转向。

两人结婚时除了债务，一无所有，在租的房子里摆了桌家常饭，招待了几个要好的朋友，便算是行过礼。

折腾许久，两人瘫倒在床上，头抵着头闲聊。

陈年："这下你可赚大了。"

王妍：“脸皮可真厚，真把自己当宝了？”

陈年：“我是说，你凭空赚了这么大一笔债务。”

王妍哈哈大笑，陈年没笑，心里有些发酸，他爬起身附在王妍耳畔说：“会好起来的。”

王妍点头，伸手揉了揉陈年的头发，又笑了起来。

陈年确实时来运转了。他本就极具天赋，如今打法愈发成熟，在圈子里也渐渐有了名气。后来在一场业余比赛上，他一路以碾压姿态夺冠，被知名德州俱乐部的老板看中。

老板：“有没有兴趣帮打金局？”

陈年：“我要做的是职业牌手。”

老板：“世界扑克大赛明年会在华举办，对你而言是挺好的机会。”

陈年没说话。

老板：“那里入场券的门槛可不低，这样，我给你个机会。你替我打金局，我资助你打比赛。”

陈年：“我……我不保证一定能赢。”

老板笑了笑和陈年签下合约，资助他去参加国内大大小小的德州比赛。

陈年告诉王妍：“好日子要来了。”王妍则笑盈盈地看着陈年：“现在的日久已经挺好了。”陈年摇头：“还该更好一些。”

陈年也没让老板失望。他凭借出众牌技，一边在轮渡上帮老板打赢许多巨额金局，一边拿遍了国内德州扑克比赛的冠军。类似“天才少年”“上帝之手”这样的美誉像一面面沉重的金牌挂在了他的身上，这过程无从反抗，他也享受其中。

密集的牌局让陈年和王妍间的生活变得聚少离多。名与利的迅速积累攀升也让他的心态开始发生改变。

第一次登上轮渡的场景，他印象深刻。富豪间谈笑风生，牌桌上筹码滚动，那些筹码不同于比赛中的积分，是实打实的真金白银，仅是一圈喊话在台面上所累积的数字，已然是他一辈子都不可能赚到的资产，那种强大的冲击以致后续的虚无感，让陈年心中的某些东西溃败。

直到一切都开始走向麻木。

陈年感觉自己正走在一座没有尽头的天梯上，每当他以为自己已经足够高的时候，抬起头，仍有无数人在他头上嬉笑。那笑声刺痛他，让他奋力攀爬，台阶也变得愈发狭窄愈发陡峭。生活在他攀爬的过程中被狠狠割裂，恍然间已是进退维谷。

除了扑克，没什么能提起陈年的注意与精力，他用一场又一场的牌局将自己填满，状若疯魔。

老头找到陈年那天，陈年刚打完一场金局。那时人群散尽，他双目红肿地趴在牌桌上出神。

陈年：“师父……”

老头：“小子，差不多了。”

陈年：“什么差不多？”

老头：“打牌这件事儿，差不多了。”

陈年：“没有，还没有，我还要去参加世界扑克大赛，我要拿冠军……”

老头：“为了什么呢？”

为了什么？陈年大笑，仿佛是听见了无比可笑的笑话：“这可是我的梦想！”

老头：“怕早就不是了吧，这花花世界，比扑克有趣的东西太多了，不是吗？”

陈年本来狠狠盯着老头的双目渐渐涣散失焦，变得茫然起来。

老头：“孩子，路已经走歪了，现在回头，还来得及。”

陈年不停地摇头，起身在牌桌旁来回走动：“不，这可不是什么歪路，我要出人头地，我可是答应过我爹的……”

这时电话响起，是王妍打来的。

陈年：“喂。”

电话那端传来无比虚弱的声音。

王妍：“陈年，是个女孩儿。”

陈年：“孩子……你……”

王妍：“都没事。很顺利，你不用担心。”

陈年：“对不起。”

王妍：“我都明白，陈年，我都明白，我们离婚吧。”

陈年还想说些什么，可喉间像是卡了什么东西，他什么也说不出。过了会儿，电话那边挂断，听筒里是一阵阵忙音。

陈年佝偻着身体向门外走去，老头伸手去拉，被陈年挥手推开。

老头：“小子，你去哪？”

陈年：“澳门……这条路，我要走完。”

门打开，光涌了进来，陈年被裹在其中成了抹剪影，一步一步地飘向远方，那体态无比疲惫，像极了当年老头进村时的模样，刚走完一辈子的路。

5

“River，河牌。”发牌员示意，翻出了公共牌区最后一张牌。

躁动的现场霎时间安静下来，众人屏息不语，凝视着台面上最后一张牌缓缓翻开。

梅花J。

丹尼的神情先是一怔，随即抬头打量起对面的陈年，见陈年依旧是一副不见喜怒的神情，他深深地吸了一口气，双手托着身前全部筹码的底部，缓缓地向台面中心推去：“ALL IN。”

发牌员看向陈年。

陈年愣了许久，在发牌员与裁判的几次催促下终于回过神来。

他笑了，像个孩子一样，他拍打着自己的大腿，越笑越开心。好多年没有这样笑过了，那是他少年时期和父亲一起干农活在田地里嬉闹时的笑容，是他和老头一起在树荫下读《隋唐演义》的笑容，是他后来第一次遇见王妍时候的笑容。

好像都是上辈子的事情了。

陈年缓缓地掀开了桌面上的底牌。他看见对手难以置信的扭曲面容，看见发牌员与裁判的惊讶，看见现场所有人都站了起来疯狂地呐喊，看见赛场外的蓝天以及缓缓流动变幻的白云，一只鸟穿过云层，挥动了翅膀。

6

出租车缓缓减速，在葡京赌场的门口停了下来。

司机：“哇，原来扑克的比赛也能这么精彩，先生你真是了不起，世界冠军哪。”

陈年：“我可不是世界冠军。”

司机：“啊？我听您的故事，还以为最后……”

陈年：“牌是赢了，但是我认输了。”

司机：“这是为什么啊？”

陈年：“因为我最后的那副牌。”

司机："对了，我不太懂德州的规则，您最后那副牌很大吗？"

陈年："皇家同花顺，出现的概率是百万分之二。这种概率的牌型，偏偏这种时候出现，我当时觉得自己被生活给骗了，太可笑了，一切都太可笑，太荒诞了，算是什么呢？这感受很难解释，你懂我意思吗？"

司机尝试理解陈年的话，过了一会儿也笑了起来："先生，您确实是一个有趣的人。"

陈年笑着摆了摆手，离开了出租车。他站在葡京赌场门口，掏出手机，滑动屏幕，打开了最近联系人，拇指停在"王妍"上。

"喂，老婆，我到啦。"